竹内 好集

戦後文学エッセイ選4

影書房

竹内好（1960年）『竹内好談論集Ｉ』より

竹内好集　目次

魯迅の死について　9
「藤野先生」　23
魯迅と許広平　27
「狂人日記」について　38
魯迅と日本文学　49
「阿Q正伝」の世界性　62
中国文学の政治性　70
魯迅と二葉亭　81
ノラと中国——魯迅の婦人解放論　85
教養主義について　97
日本共産党論（その一）　108
亡国の歌　120
近代主義と民族の問題　128
インテリ論　138
文学の自律性など——国民文学の本質論の中　157

屈辱の事件　168
憲法擁護が一切に先行する　177
吉川英治論　180
花鳥風月　192
中国と私　197
朝鮮語のすすめ　216
「前事不忘、後事之師」　220
ともに歩みまた別れて——鶴見俊輔のこと　237

初出一覧　241
著書一覧　243
編集のことば・付記　245

凡例

一、「戦後文学エッセイ選」全一三巻の巻順は、著者の生年月順とした。従って各巻のナンバーは便宜的なものである。
一、一つの主題で書きつがれた長篇エッセイ・紀行等はのぞき、独立したエッセイのみを収録した。
一、各エッセイの配列は、内容にかかわらず執筆年月日順とした。
一、各エッセイは、全集・著作集等をテキストとしたが、それらに収められていないものは初出紙・誌、単行本等によった。
一、明らかな誤植と思われるものは、これを訂正した。
一、表記法については、各著者の流儀等を尊重して全体の統一などははかっていない。但し、文中の引用文などを除き、すべて現代仮名遣い、新字体とした。
一、今日から見て不適切と思われる表現については、本書の性質上また時代背景等を考慮してそのままとした。
一、巻末に各エッセイの「初出一覧」及び「著書一覧」を付した。
一、全一三巻の編集方針、各巻ごとのテキスト等については、同じく巻末の「編集のことば」及び「付記」を参看されたい。

カバー絵＝魯迅（版画＝作者不詳）

竹内好集

戦後文学エッセイ選 4

魯迅の死について

魯迅の死んだのは民国二十五年、つまり一九三六年の十月十九日であった。今年は魯迅逝世十周年を記念していろいろの催しが行われるだろうと思う。人々は十年間の辛酸に満ちた、しかし希望に溢れた月日を顧み、その中で魯迅が死をもって励ました教訓の如何に大きかったかを改めて追想し、それにもかかわらず現在が魯迅の希望のまだ半分しか実現しなかったことに自責と新しい励ましとを感ずるであろう。私たちにとっては、魯迅が死の半年前にわざわざ日本の読者のために「こんなものを書くにも大変良い気持でもない。云いたいことは随分有るけれども『日支親善』のもっと進んだ日を待たなければならない。遠からず支那では排日即ち国賊、と云うのは共産党が排日のスローガンを利用して支那を滅亡させるのだと云って、あらゆる処の断頭台上にも日章旗を閃して見せる程の親善になるだろうが、併しこうなってもまだ本当の心の見える時ではない。」(「私は人をだましたい」昭和十一年四月号『改造』)と書き送った警告が聴きいれられず、この文章の結びに「終りに臨んで血で個人の予感を書添えて御礼とします」と書いた予感が的中した不幸な暗い日が終ったこと、そしてそのために「私の見るところでは、日本と支那の人たちの間には、お互に知りあう時期は必ず来る」(『生ける支那の姿』序）という希望が、まだ遠い将来のことではあるが、根本の邪魔がなくなったために私たちの努力次第で実現する見透しがついたこと、今やその実現のために努力することが私たちにとって一番正しい魯迅を記念する方法であるということ、を記憶せねばならぬ。

魯迅は今日、本国の人々の間で決して死んでいないように、私たちの間でも死んでいない。魯迅を研究し、評価し、そこから教訓を汲み出すことは、私たちにとっても有用であり、また必要である。そして、そのような仕事は、なされつつある。

その一つは、魯迅を芥川竜之介と比較することである。魯迅と芥川竜之介とは、歩んだ道はまるきり異っているが、しみいるような孤独感を抱いていた点は、共通である。そしてその孤独感が、没落する中産階級の知識人という環境の中から生れたことを自覚していた点も、共通である。またその孤独感が、比類のない人間的誠実さに支えられていた点も、共通である。その誠実さから芥川は死を選ばなければならなかったが、そのため彼の死は彼の文学を貫き通し、人々は今でも彼の死と彼の文学の中から新しい文学の芽を求めて止まない。魯迅の死は、芥川とちがって自然死である。しかしその自然死は、芥川の死の悲壮さに劣らぬ悲壮さ、ある決意の型としての止みがたい文学的営為を感じさせる自然死である。芥川を死に至らしめたものは「ぼんやりした不安」であった。魯迅には「ぼんやりした不安」はなかった。彼の思想は明快であった。明快すぎるほど明快であり、むしろその明快さのゆえに、芥川が、それによって新しい文学へ道を拓いたと同じようなぎりぎりの行為の型が、別の意味でなければすまぬ事情が当時あったのである。その事情とは何か。一口に云えば、魯迅の死は、それによって抗日民族戦線の統一への道が拓かれるような時期に、そのような工合に、行われた。魯迅の死ぬまで云い争っていた文壇は、魯迅の死を境として、一つの旗の下に統一した。もし魯迅の死がなかったら、そのように統一しなかったろうと思われるように見事に統一した。魯迅が愛し、また魯迅を愛した青年たちの慟哭と、魯迅の敵さえが、あまりの痛手に茫然となったような興奮の中から、蔡元培を主席とする全文化人の意志の表白として「魯迅先生紀念委員会」が生れ、それは「魯迅精神の影響を拡大し、以て国魂を喚起し、光明を争取する」ために完全な『魯迅全集』を編輯するという仕事を続けてゆき、魯迅の死の翌年からはじまった大規模の戦争状態にもかかわらず、その困難な仕事を完成し、そのことの中から、その後の長い抗戦に打砕かれない力強いものを育てあげた。そのような死で、魯迅の死はあった。魯迅は殉教者ではない。しかし彼の死は、殉教者的である。

魯迅の死の意味を理解するためには、当時の文壇の事情を調べてみなければならぬ。当時の文壇は、二つの党派に分れて激しい論争を続けていた。二つの党派は「文芸家協会」と「文芸工作者」である。「文芸家協会」は、魯迅の死んだ年、つまり大規模の戦争のはじまる前の年の六月に結成され、定款や綱領や事務局をもち、文壇の大半を傘下に集めた組織である。「文芸工作者」は、定款や綱領や事務局をもたず、ただ同じころ宣言を発表しただけで、「文芸家協会」に加わらなかった文学者と、一方では「文芸家協会」にも加わっている少数の文学者の集りである。そして魯迅は、「文芸工作者」の中心人物であった。

二つの団体は何を云い争ったか。まず「文芸家協会」の宣言を見ると、大要次のように云われている。

「光明と暗黒が正に闘争している。中華民族は生死存亡の危機に立到った。

昨年十二月より、全国に普遍した救国運動の流れは中華民族解放運動の新しき段階を展開した。中国の行くべき途は二つしかない、作戦に非ずんば即ち屈服である。（中略）文芸作家は全民族一致の救国運動中に在って自己の役割を持っている。中国文芸家協会は今日成立を宣布したことによって自ら歴史が決定した偉大なる使命を持つ。

全民族救国運動中の一環として中国文芸家協会は民族救国戦線の最低限度の基本的要求を擁護する。即ち団結一致の抵抗、内戦の停止、言論出版の自由、民衆の救国団体組織の自由を擁護する。文芸家の集団として、中国文芸家協会は作家たちの切実なる権利の保障を要求し、同一目標の作家たちの集団的創造と集団的研究を要求する。

中国文芸家協会はとくに次の事を提議せねばならぬ。すなわち全民族一致の救国の大目標の下においては、文芸上主張を異にする作家たちも一すじの戦線上の友たり得るということを。文芸上の主張の不同は決して我々が民族の利益のために団結一致することを妨げるものではない。同時に民族の利益のために団結一致することは決して我々の各自の文芸主張を広大なる民衆に告訴し最後の判断を聴取することを拘束するものでない。（下略）」（手許に資料がないため『中国文学月報』十八号、昭和十一年九月から引用する。原文の明確な、激しい抗日の字句が、当時の検閲を顧慮した翻訳のため隠されているのは止むを得ない。）

つまり「文芸家協会」は中華民族の「生死存亡の危機」において、中国の行くべきただ一つの途である抗日救国戦線を文学者の間に組織し、「文芸上の主張の不同」を超えて「民族の利益のために団結一致する」ことを全文学者に要請したのである。この要請の正しさ、必然さは疑いなかった。当時の世相である北からおしよせてくる侵略の波、国境と主権を踏みにじった「独立」や「密輸」などを目のあたりにして、民衆の一人一人がひしひしと民族の死活の危機を感じていたこと、この上の譲歩は堪えられないというぎりぎり決着の感情に追込まれた民衆の間から火のような愛国の熱意が迸っていたこと、侵略者とその宣伝にだまされていた人々を除いて全世界が深く知っていたこのような国民感情の燃えたぎりの前に、「文芸家協会」の主張は当然すぎるほど当然なことであった。民衆の誰もが希望した救国のための統一戦線の叫びであったから、「文芸家協会」が成功するのはたやすかった。そして成功しようとした。

魯迅はなぜ加わらなかったか。「文芸家協会」の何に反対したか。ただ魯迅と、その仲間だけがそれに加わらなかった。

「文芸工作者」も「文芸家協会」に対抗して宣言を発表している。その宣言は、二つの団体の間の理論の食いちがいをはっきり説明していない。「中国はきのうからはじめて圧迫され侵略されたものでもなく、わが民族の危機もまた決して一朝一夕に造られたものでもない。」だから「我々は決して今日初めて救亡国存の運動の重要さを発見したものではない。」（引用前掲）というのが趣旨である。これだけでは抗日統一戦線のために新しい組織を作る必要のないことは云われているが、なぜ新しい組織を作ってはならぬか、という積極的な理由は分らない。「文芸工作者」は「文芸家協会」に対立して生れた団体である。そして「文芸家協会」の「国防文学」という口号に「民族革命戦争の大衆文学」という口号を対立させているのである。これでは新しい組織を作ることに反対しながら、実際は新しい組織を二つ作ることにならないか、民衆の希望である抗日統一戦線を実現せずして、それを破壊するのではないか、という疑問は当然起るはずである。そして、起った。そこで多くの文学雑誌が二つの陣営に分れて激しい論争をはじめたわけである。

「文芸家協会」の理事の一人である徐懋庸は、この年の八月、魯迅に手紙を送って「先生のこの半年来の言行は無意識的に悪劣な傾向を助長している」ことを指摘し、それが胡風や黄源らの魯迅を取巻く連中の「私心から出た極端な宗派運動」であるとして「事を見ずに人を見るのが最近半年来の先生の錯誤の根元」だと警告した。これに対して魯迅は「徐懋庸に答え併せて抗日統一戦線の問題について」というかなり長い論文を発表している。死の二月前、彼の生命を縮めたといわれるほど力をこめた論文であるが、従って相手をやっつけることにおいて痛烈無比であるが、その割に論旨に割切れぬところがあるのは、魯迅の病弱のせいと見るより、やはり論争そのものの複雑さを物語ると云えよう。しかしともかく、病床にある魯迅が、この問題と真剣に取組んでいたことは疑われない。

「中国目前の革命的政党が全国の人民に向って提出した抗日統一戦線の政策は、私はそれを見た。私はそれを擁護する。私は無条件でこの戦線に加入する。その理由は、私は一個の作家であるだけでなく、一個の中国人であるから、この政策が私にとって極めて正確であることを認める故である。」と魯迅は、この論文の最初の部分で云いきっている。のみならず「私はこの統一戦線に加入すると云っても、私の使用するのは一本の筆だけであり、私に出来るのは文章を書き翻訳する位のことだが、もしこの筆が役に立たなくなれば、別の武器を執って立ち、徐懋庸輩におさおさひけはとらぬ自信がある。」とさえ云いきっている。魯迅のこの政治意見の明快さは、文学観の陰影の多いのに較べると、きわだっている。彼はこの明快な政治意見を、思索によって得たのではない。人間を離れた思想そのもの、抽象的思惟や観念は、五十六年の生涯に一度も彼を動かさなかった。彼が「中国目前の革命的政党」に、その提唱した抗日統一戦線の政策を「無条件で」支持するほど信頼をおくようになったのは、その政党の綱領や政策に共鳴したからではなく、一九三四年「ソ連の存在と成功とは貴下に対して如何」という問に対し「旧い社会の腐敗は、私はとうに痛感していた。私は新しい社会の来ることを希望したが、この『新しい社会』は如何なるものであるか分らなかったし、『新しい社会』が来てのち必ずよくなるかどうかも分らなかった。十月革命の後になってはじめてこの『新しい社会』の創造者が無産階級であることを知ったが、資本主義各国の反宣伝のため十月革命に対してなお冷淡であり、しかも疑を抱いていた。現在、ソ連の存在と成功とは、私をして無産階級社会の必ず出現することを確信せしめ、完全に懐疑を除いただけでなく、多くの勇気をも与えた。」(「国際文学社の問に答う」)と答えたと同じような事情の下に、つまり体験を通してそうなったのである。そして彼が、思索によらずして体験によって「中国の革命的政党」を信頼したことは、文学者としての彼を理解する上に大切な点である。

論争の問題に戻る。徐懋庸への反駁文の第二の要点は「文芸界の統一戦線に対する態度」である。魯迅は云う。

「私は、一切の文学者が如何なる派別の文学者も、抗日の口号の下に統一せよという主張に賛成する。」

つまり魯迅は、文学者の間に統一戦線を結成することにも賛成なのである。では、彼はなぜ「文芸家協会」に加わらなかったか。彼によれば、最初彼が統一の提案をしたときに現在のいわゆる「指導者」たちがそれを圧殺して逆に彼に「統一戦線破壊」の悪名を着せたからだ、と云うのである。だから「文芸家協会」への加入は暫く見合せて、その連中の今後の行動を監視するつもりだった、と云うのである。「私は当時、それらの自称『指導者』から徐懋庸式青年までに、実は疑を抱いていた。なぜならば、私の経験によれば、それらの表面に『革命』面を扮いながら軽々しく他人を『内奸』とか『反革命』とか『トロッキイ派』とか乃至は『漢奸』などと誣いるものは、多くまっとうな人間でないからである。」

統一戦線を最初に提唱したのが誰であるか、その間にどんな複雑な事情がひそんでいたか、当時の文壇事情に暗い私には分らぬ。しかし「文芸家協会」と「文芸工作者」の対立が、単純な組織問題の対立でなく、たとい組織問題の対立であるとしても、その奥に底の深いものがからんでいたことは想像される。文壇という社会は、一般社会の例にもれず、権謀術策の多いところである。権謀術策のために本質的な動きが掩いかくされることは珍しくないが、しかし常に本質的な動きは、権謀術策の隙間から消え去ることはない。魯迅が「自称『指導者』から徐懋庸式青年まで」を憎むがために「文芸家協会」に対抗する別の党派を立てたことは、単純な統一戦線の提唱のイニシヤティブの問題や、個人感情のもつれのせいではないであろう。むしろ魯迅にあっては、個人感情さえが「思想」を表白している場合が非常に多いのである。彼の政治意見が「体験」に基いて確立されたと私がさきに述べたことは、このことと深く関連している。彼が「中国の革命的政党」の呼びかけに「無条件で」応じながら組織の問題で「文芸家協会」と必死に争ったには、別にぬきさしのならぬ意味があったと見ねばならない。

むろん魯迅は、それだけの理由で「文芸家協会」を非難したのではない。「私の『文芸家協会』に対する態度は」と魯迅は述べている。「私はそれを抗日の作家団体であると認める。」そしてその抗日作家団体は、魯迅によれば、次のような欠陥をもっていた。

「『文芸家協会』さえあれば、それで文芸界の統一戦線は成功だとすることは出来ない。」なぜならば「一切の派別の文芸家をすべて一本に結んでいない」から。「その原因は『文芸家協会』がまだ極めて濃厚に宗派主義とギルド的型態を存しているからである。」

「私は思う。文芸家の抗日問題上における連合は、無条件である。彼が漢奸でない限り、抗日を希望し、それに賛成する限り。」「だが文学問題上においては、我々はやはり相互に批判して差支えない。」

「私は次の如く云うべきだと思う。作家は『抗日』の旗、あるいは『国防』の旗の下に連合すべきである。作家は『国防文学』の口号の下に連合すべきだ、と云ってはならぬ。なぜならば、ある作家たちは『国防を主題にした』作品を書かなくても、やはり各方面から抗日の連合戦線に参加することが出来るからだ。」

魯迅の「文芸家協会」に対する批判の主な点は以上である。つまり彼は二つの点で「文芸家協会」を非難した。一つは宗派主義の点で、一つは政治主義的偏向の点で。魯迅の意見は尤もである。「文芸家協会」には、たしかに多くの欠点があった。それらの欠点は、同じ会の内部でもお互に批判されているし、郭沫若のように「国防文芸は作家関係間の旗印で、作品原則上の旗印でない」ことを認めている人もいるのだ。それらの欠点は、除かれうる欠点である。もし欠点を数えるならば、「文芸工作者」だって相手には狭き門ではないか。救国が全民衆の声であり、抗日民族戦線の統一が政治的要請である場合に、組織の中から欠点を除いてゆく代りに、宗派主義のなすりあいや口号の奪いあいのための別の組織を作ることは必要であろうか。むろん必要でない。表面尤もらしいそれらの理論的対立は、魯迅の争いの真の意味を示すものではないのだ。

徐懋庸への駁文より二月前に、魯迅は「現在の我々の文学運動を論ず」という病床の口述を発表した。「文芸工作者」の実質的宣言であるこの論文の最初の部分に魯迅は次のように述べている。

「『左翼作家連盟』が数年来指導し戦闘してきたのは、無産階級革命文学の運動であった。この文学と運動とは、発展をつづけて現在に到り、更に具体的に、更に実際闘争的に、民族革命戦争の大衆文学へ発展した。民族革命戦争の大衆文学は、無産階級革命文学の一発展であり、無産革命文学の現在の時期における真実の、更に広汎な内容である。かかる文学は、現在すでに存在し、且つこの基礎の上に、更に実際戦闘生活の培養を受けて、まさに爛漫たる花を開こうとしている。このゆえに、新しい口号の提出は革命文学運動の停止、あるいは『行き止り』と見るべきでない。されば、これまでのファシズム反対、一切の反動者反対の血の闘争を停止することでは決してなく、この闘争を更に深化し、更に拡大し、更に実際化し、更に微細にし、闘争を抗日反漢奸の闘争にまで具体化し、一切の闘争を抗日反漢奸闘争という全体へ合流させることである。革命文学がその階級的指導の責任を棄てることではなく、その責任を更に加重し、更に拡大し、全民族が階級と党派を分たず一致して外に当るところまで加重し拡大することである。この民族的立場こそ真の階級的立場である。」

魯迅がこの論文で意図したのは何か。彼は、現在の抗日統一戦線の問題を、歴史的に基礎づけようとしたのである。「我々は決して今日初めて救亡国存の運動の重要さを発見したものではない」という「文芸工作者」の宣言の意味を説明しているのである。「文芸工作者」が「左翼作家連盟」の発展であり「民族革命戦争の大衆文学」が左翼革命文学の拡充された内容であることを主張することによって、現在の抗日統一戦線の真実の担い手が誰であるかを明らかにしているのである。「自称『指導者』から徐懋庸式青年まで」への憎しみの感情が、彼らの誣いるような文壇へゲモニーの争いに発する個人感情でないことを証明しているのである。

一九三一年九月の満州事変、一九三二年一月の上海事変を発端とする侵略の波は、一九三五年冀東、綏遠の分割において未曾有の昂まりを示した。それに応じて、抗日のための戦線統一の問題は、民衆の一致した熱望となって現れた。その熱望の激しさは、かつて抗日に反対したものが、今は「漢奸」となることを恐れて、先を争って戦線の統一を叫ばねばならぬような激しさであった。その激しさは、かつて国民革命の途上、一九二七年、「革命なお未だ成功せず」という孫文の遺嘱に背き、革命成功せりとして革命を敵である軍閥に売った革命官僚さえが「中国の革命的政党」の提唱を否応なく承認せねばならぬほどの激しさであった。しかし、魯迅は知っていた、一九三一年九月、対日出兵の請願のため徒歩で南京へ赴いた学生団を、武器を持った「訓練された『民衆』」(「中国文壇上の鬼魅」)に出迎えさせた革命官僚が、一九一九年の五月四日に抗日学生を殺した軍閥官僚と同じく、来るべき抗日戦の真実の遂行者ではないことを。また魯迅は知っていた、「『連合戦線』の説が出てから、むかし敵に投降した一連の『革命作家』たちが次第に『連合』の先覚者面をして現れてきた。款を納めて敵に通じた卑劣な行為が、今となっては『前進』の輝かしい事業になった」(「半夏小集」)ことを。弾圧におびえて革命的作家の大衆組織である「左翼作家連盟」を裏切った「民族主義文学」者が、民族主義の正しい内容である民族革命戦争の真実の担い手でないことを。内敵に対する闘争において味方を裏切った卑劣漢は、外敵に対する闘争においても味方を裏切る危険のあることを。何より、魯迅は知っていた、戦線の統一がいかに必要であろうとも、むしろ戦線の統一が必要であればあるほど、妥協による形だけの統一を作ることは真実の統一の妨げにしかならぬことを。

すべてそれらを、魯迅は知っていた。魯迅が知っていたということは、思想として知っていたのではない。肉体として、その中に身を投ずる「掙扎」として、文学者の誠実をかけた行為として、彼の全生涯の体験を通じて知っていたのである。一九一八年「狂人日記」を書いたときの彼は、封建道徳からの人間の解放を叫ぶ戦士であった。人間は、封建道徳から解放されねばならぬ。かくて彼は、封建道徳の支柱である軍閥官僚と必死に戦ってきたが、その戦の中から、人間は封建道徳から解放されるだけでなく、人間の奴隷であることからも解放されねばならぬことを知った。「主人となって一切の他人を奴隷にするものは、主人を持てば自分が奴隷に甘んずる」(「諺語」)ことを知った。「世界には二種類の人間、圧迫者と被圧迫者がある」(「中露文学の交を祝す」)ことを知り、軍閥官僚と革命官僚とを問わず、すべての官僚主義は人間の自由の敵であることを知った。「ただ民魂だけが尊く、それが発揚されてはじめて中国に真の進歩がある」が「官のいう『民』と民のいう『民』と」(「学界の三魂」)は同じものでないことを知った。彼がそれらを知ったのは、「二十四孝図」に虚偽を発見した幼年時代の記憶を終生忘れず、児童読物から大人の不自然な要求を拭うため一貫して努力をつづけたと同じもの、彼の根本にある一つの動かしがたい誠実さ、「人は生きねばならぬ」という強靱な生活者としての信念に基いてそうなったのであるが、そのため今や彼は、五十六年の誠実な生活者としての生涯をかけて「文芸家協会」に一つの危険な傾向を見、人間解放に関する根本の疑問を抱かずにいられなかったのである。

「筆と舌とをもって、異族の奴隷に淪落する苦痛を人々に教えるのは、むろん間違っていない。しかし、よく注意しなければならぬのは、人々に次のような結論を得させぬことである。『では、やっぱり俺たちのように、仲間の奴隷になっている方がましなわけだ。』」（「半夏小集」）

魯迅の強靱な生活哲学と、それに基く激しい戦闘精神の生れる根拠については、私は旧著（日本評論社版『魯迅』昭和十九年）の中で考えておいたので、今は触れない。彼は卑劣な裏切者を許せなかったばかりでなく、裏切者を許す自分をも許せなかったのである。彼が、「永遠の革命者」（「中山先生逝世後一周年」）と追慕した孫文のように、もし偉大な政治家であったとすれば、卑劣を許せぬ自己をも組織しえたかもしれぬが、彼はそのような偉大な組織者を「永遠の革命者」と追慕することによって、みずからを政治の中に破却したのである。あるいは、破却することによって文学者となったのである。彼に出来るのは、あくまで敵と戦うことでしかなかった。

戦うことは魯迅にとって、自己を表現することである。そのような戦は、彼の文壇生活十八年を通じて行われ、一度も彼は退かなかった。反動の嵐が吹き、彼の執筆は禁止され、彼の著書は図書館と出版社から閉出された長い期間にも、彼は匿名で原稿を書き、自費で著書を出版した。彼の多くの友人は生命を奪われたが、彼は殺された友人のために追悼文を書き、遺書を出版し、そのような彼を敵は如何ともすることが出来なかった。

今や民族の危機におされて、かつての敵が彼の前に膝を屈しなければならぬ歴史の偉大な瞬間が迫っている。文学者としての誠実さを生き抜きつつ、そのことによって一方では民衆の声望に答えねばならぬ偉大な瞬間が迫っていたのである。病床に横たわりながら彼は卑怯者を許しえぬ自己の文学者としての誇らしい運命を自覚し、自然の与える最後の機会を彼の愛する民衆に捧げる日を数えたかもしれない。死の一月前、彼は遺書の形で発表した「作品」の中で、運命に従う没我の喜びを嘆いた。

「欧州人はよく臨終の際に、他人の恕しを求め、自分も他人を恕す儀式のようなものを行うという話を想い出した。私は、敵が多い方である。もし新式な男が質問したら、私は何と答えよう。考えてみた。そして決めた。勝手に恨ませておけ。こちらでも、一人として恕してはやらぬ。」（「死」）

孤独の魂は、水のような静かさで、民族革命戦争の勝利へ向って突撃する民衆の大行進を夢みていたのかもしれない。

（一九四六年八月）

「藤野先生」

増田渉が岩波文庫に『魯迅選集』を訳すために、作品は何を選んだらいいか問いあわせたとき、魯迅は、選択は訳者の自由であるが「藤野先生」だけは加えてほしい、と希望を述べたそうである。魯迅の死んだとき、ジャーナリズムは本物の藤野先生を北陸の田舎から探し出したほど「藤野先生」は日本では有名になった。魯迅は、それほど藤野先生を敬愛したろうか。敬愛したのである。だからこそ、藤野先生の写真を書斎にかけておくだけでは気がすまずに、藤野先生との約束を果せなかったことから来る長い間の心のむすぼれを解きたい気持が半分はあって、自伝的回想記の中の一篇に「藤野先生」を選んだのであろう。そして、問題は彼に関する限りそこで解決されているのだが、自分の作品が日本訳されるときいては、その解決とは関係なしに、やはりそれが藤野先生にきかれるかどうかを気にしてみる温い気持はあったのだろう。魯迅の生前に藤野先生の健在を知らせることが出来なかったのは、私たちにとっても残念なことであるが、それは「藤野先生」を日本人の代表に仕立てて「文化交流」を謳うような残酷な意図から残念なのではない。たとい生前に知らせることが出来たとしても、それだけでは私たちの側からの問題の解決にはなっていない。

「藤野先生」は、魯迅にとって、回想記の中の他の人物と同じように、一個の象徴的な存在である。魯迅が藤野先生に別れてから「藤野先生」を書くまでの長い歳月の間、悪劣な環境と戦いながら、その戦うことによって次第に魯迅の中で高められ、清められた末に完成した人物である。「藤野先生」に向けられた魯迅の愛情は、私たちにとっても素直に受け入れられるほどなみなみならぬものであるが、そのなみなみならぬ愛情を支えているもの、あるいは逆に、愛情が支えているもの、それを問題にせずに「藤野先生」に対する魯迅の愛情だけを取り出すのは、愛情そのものを正しく理解することにもならない。

藤野先生は「藤野先生」の中で孤立しているのではない。魯迅にとって迷惑なほど世話ずきの好人物や、教場であからさまに藤野先生をこきおろす無邪気な落第生や、魯迅の成績のよいのを邪推する学生幹事の卑劣さを魯迅と一緒になって攻撃する正義派や、しかしまた、その正義派の攻撃の発端になった匿名のいやがらせの手紙を魯迅に与え、問題が解決して後、魯迅に「中国は弱国である。従って中国人は、当然低能児である。点数が六十点以上あるのは自分の力ではない。彼らがこう疑ったのは無理なかったかもしれぬ」と悲しませた小心の学生幹事や、日露戦争の幻燈を見て喝采し、その幻燈の一枚に、スパイとして銃殺される中国人が出て来、それを「取囲んで見物している群集も中国人」であり、それを見ている「教室の中にはまだ一人私もいた」のを構わずに、というより構いようのないことを当惑せずに、無心に喝采を送る一般学生や、の中に雑って藤野先生はいたのである。医学をやめて文学に転ずるという理由で、「惜別」と書かれた藤野先生の写真一枚を懐にして、仙台を立去ることによって、魯迅はこの屈辱から逃れている。いやがらせ事件だけだったら、魯迅は仙台を去らなかったかもしれない。しかし、それに幻燈事件が重なっては、彼は立去るより外はなかった。立去ることは魯迅の側からの問題の解決であり、それによって「藤野先生」の読者は納得する。だが魯迅がこの解決を得るまでには、つまり「藤野先生」が書かれるまでには、屈辱が愛と憎しみへはっきり昇華して回顧されるための長い生活の時間が費されているのである。そして、魯迅が作品行動によって仙台退去を確実なものにした後でも、世話好きな好人物や、小心な学生幹事や、恐らくは藤野先生でさえも、魯迅の仙台退去の原因については、その当時理解しなかったと同じように今でも理解してはいない。彼らが理解しないだけではない。無数の魯迅の無数の仙台退去を、無数の藤野先生が理解しないのである。

太宰治の「惜別」は、この問題を解決していない。「惜別」の中の魯迅が、太宰式の饒舌であったり、また「孔孟の教」という、魯迅の思想とはまるきり反対の、一部の日本人の頭の中だけにある低級な常識的観念をふり撒いたり、また嘲笑者であるべきはずの「忠孝」の礼讃者であることなどは、この作品とその作者とが持っている制約を基として論じなければならぬだろうから、私は問わない。ただ、いやがらせ事件と幻燈事件を作者が個別に取上げていること、そのため幻燈の途中で魯迅が座をはずすという風に軽く扱っていること、二つの事件が魯迅に打撃らしい打撃を与えていぬこと、そのため彼の文学志望が外部から加えられていること、学生幹事への憎しみがはっきりせぬため藤野先生への愛情が低く固定していること、従って結局において仙台を去ってゆく魯迅の後姿が浮んでこないこと、などは指摘せねばならない。魯迅の受けた屈辱への共感が薄いために愛と憎しみが分化せず、そのため、作者の意図であるはずの高められた愛情が、この作品には実現されなかったのではないかと思われる。そしてそれは、「藤野先生」の中から、卑劣な学生幹事を忘れて藤野先生だけを取り出したいという、その藤野先生に「日本人」あるいは「私」という着物を着せたがる、一種のいい子になりたがる気持と共通の地盤を持つのではないかと想像される。

魯迅の愛したものを愛するためには、彼の憎んだものを憎まねばならない。魯迅を仙台から、従って日本から立去らせたものを憎むことなくして魯迅そのものを愛することは出来ない。「私は、私の憎むものから憎まれるものを愛する」という意味のことを魯迅は言っている。愛を結晶させるほど強い憎しみを私は欲しいのである。

（一九四六年）

魯迅と許広平

魯迅先生――

いまお手紙を差上げようとしておりますのは、もう二年近く御教訓を受けて、毎日首を伸ばして「小説史略」の御講義を待ち望んでいる、そして御授業の度に、我を忘れてぶしつけに、同じようにはきはきした口調でよく発言する一人の学生であります。たぶん、多くの疑いを持った不平不満が長いあいだ胸をふさいでいたのが、もうこらえきれなくなったせいでありましょう、先生に打ちあけずにいられなくなりました。

魯迅が、許広平（景宋）からの、こうした最初の手紙を受取ったとき、一九二五年三月十一日、彼は四十五歳であった。三十八歳で処女作「狂人日記」（それは近代文学の最初の作品であった）を書いた彼は、そのときまでに「孔乙己」や「故郷」や「阿Q正伝」や「祝福」を発表し、また散文詩や独得のエッセイによって、北京文壇（南方に新しい文壇が形成されつつあったが、文学革命の担い手である北京文壇はまだ瓦解していなかった）の中心的な地位に立っていた。

作家として多彩な活動をしたばかりでなく、彼は、北京大学や女子師範で小説史を講じ、また『語絲』の編集者として、多くの学生と一般読者とを相手に、啓蒙的な活動をしていた。南方では革命の波が徐々に高まっていたが、北京はまだ、文学革命が激成した新精神——封建制に対するヒウマニズムの戦い——の収穫期であった。

のちに、各自の方向へ、決定的に分化した三人のヒウマニスト——魯迅、周作人、林語堂が、まだ『語絲』という同一陣営のなかで、共同の敵と戦っていた。

あらゆる封建道徳からの人間の解放を目指す「文学革命」の運動は、当然、弱者である女と子供を、父権的家長制から解放するためにも努力を払った。イブセンの「人形の家」や、与謝野晶子の「貞操論」の翻訳がそれを象徴する。

そのような新時代の影響のなかから、許広平もまた出てきた。制度としての教育は女にも解放されていたが、しかし、まだ新しい人間の型は生れていない。彼らは、それを自分で作り出していかなければならず、そのため青春のあふれる情熱のはけ口を求める。

文学の問題について、人生の問題について、自分の思想を自由に発表したいという欲求、それを、実際の問題にぶっつけることによって、自分を確かめたいという欲求が渦巻いている。そして、その支えとして、手答えのある批判がほしい。

許広平は、それを魯迅に求めた。

魯迅は、許広平を、数多い学生あるいは読者の一人として遇した。いかなる未知の読者からの手紙にも、彼がそうするように、許広平の手紙を扱った。つまり、すぐ返事を書いた。しかも、相手を納得させるだけの念をいれて。

魯迅は、返信を書くことに、厳しい掟のようなものを自分に課していたらしい。

「失望は大小にかかわらず苦しいことを、自分が体験しているので、私にものを書かせたいという人があれば、思想や立場があまりちがわぬかぎり、努めて筆を執って、来者にごくささやかな喜びを与えて来た」と彼はいう。返信を書くのも、相手を失望させぬためであったろう。

魯迅と許広平との往復書簡は、一冊の書物（『両地書』）にまとめられており、それは私たちに、文学の人生教師としての意味について深い啓示を与える。

数日おきに往信と返信とが書かれた。許広平は、地味な性格の、内攻的に情熱的な人であるらしい。手紙には、女らしい理智と、それを突き破るばかりの血の沸りが見られる。文学的才能のある、鬱屈した若い魂が、閉された社会のなかで、わずかに一つだけ開かれた窓を通して、どんなに新鮮な空気を胸一杯吸い込もうとしたか、そして、一信ごとに自分でも意識せぬほど、どんなに急速に成長していったかを、それは忠実に記録している。

手紙には、愛の告白は現れていない。それは書かれなかったか、書簡集に省かれたかであるが（北京の部は一九二五年七月までで終っている）、私は、書かれなかったのだろうと思う。

魯迅がもし北京に住みつづければ、二人の関係は実際と変ったものとなったかもしれぬと思う。

許広平の気持は、急速にその師へ向って傾いてゆき（たとえば、魯迅の身辺への細かな心やりと、ほとんど無邪気に近いそのあらわし方）、ついに師弟の垣を越えようとしていたが、その愛情に実を結ばせるきっかけが外部から与えられなかったならば、おそらく魯迅は、それを越えることを許さなかったのではないかと思う。

そのきっかけになったのは、魯迅が「民国以来もっとも暗黒な日」と呼んだ一九二六年三月十八日の事件――軍閥政府が学生団に発砲して、女子師範の彼の学生が犠牲になった事件である。それは新旧の対立の絶頂において爆発した反動攻勢であった。

その結果、進歩的教授団の一人であった魯迅は、北京を脱出したが、その脱走者の側に、これも南方に自由の地を求める、かつて彼の学生であった、そして今や彼によって人間＝女に成長した許広平の姿が見られた。


一九二六年から二七年にかけて、厦門と広東に放浪した時期は、魯迅の生涯にとって重要な転換期である。彼は、思想的にも、生活的にも、また愛情の問題についても、深く苦しんだようである。厦門と広東との間に交された往復書簡は、すでに二人の関係が師弟の域を越えていることを示している。このときも、それを決定的に方向づけるきっかけは、外部から与えられた。一九二七年四月十二日の国共分裂クーデターが、政治的暴力の憎むべきこと、軍閥官僚とともに革命官僚もまた人間の自由の敵であることを、彼に思い知らせ、おそらく彼は、復讐の決意――生涯亡命の決意――を、そのとき固めたであろうと思われる。

その年の十月から、許広平との同居生活が、上海の租界ではじまった。

三・一八にしても、四・一二にしても、彼が求めて招いた危機ではないが、結局において、彼はそれらを、人間愛を深める方向に導いている。

魯迅は思想の穏健な人である。

「ノラは家出してからどうなったか」という講演（一九二三年）で、彼は、婦人の解放の根本問題は、見かけの華やかな参政権の獲得にあるよりも、むしろ経済権の独立が大切なことを説き、そのためのもっとも安全、確実な手段として、将来、各自が親権を利用して自分たちの子女を解放するようにと勧めている。封建制の下で絶対である親権を封建制を打ち破るために利用せよ、という趣旨である。姑にいじめられている嫁は、将来、自分が姑になったとき嫁をいじめぬために、よく現在のことを記憶していなければならぬ、「人間は忘れっぽいものだから」と彼はいう。一人のノラは世間の同情で生きられようが、百万人のノラは、餓死するか堕落するより仕方がない、それは堅実な道ではない、というのが彼の意見である。

この自己犠牲と反英雄主義とは、ほとんど魯迅の信条であり、彼みずからが選んだ道でもあった。「私は何も恐れていません。生命は自分のものだ」と彼は書いている。しかし青年に何か指導的なことを言えと求められるのは「これは困ってしまう」のである。彼が恐れたのは、青年が進んで死地へ飛び込むことであった。しかも、青年の流した血は、誰よりも魯迅その人に肉体的な苦痛と自責の念を植えつけているのである。

穏健な思想の人である魯迅が、次第に急進的な革命文学者に育っていったのは、彼の人間愛が、自己犠牲を媒介として敵への憎しみを強めていったからだと思われる。そして、その事情は、彼が許広平との関係において身を処したその生き方にも現れているように思う。

一九二七年の上海定住から、一九三六年の死別までの間、魯迅と許広平とは、円満な夫婦生活を営みつづけた。破綻らしいものは一度もなかった。お互いの愛情と信頼と節度とに守られた、ほとんど理想的な共同生活であった。年齢が二十歳以上ちがうことを除けば、すくなくとも表面的には、彼らは世間並の幸福な一対と変らなかった。

その間の事情は、一九二九年に魯迅が北京へ小旅行をしたときの二人の往復書簡にも窺える。ここでは許広平は、内気な新妻になりきっていて、旅先の夫の身を案じながら、編物をしたり、留守に届く夫への郵便物を整理したり、日課に定められたドイツ語の復習をしたり、そうかと思うと、いつも晩方まで仕事をする夫が留守なのに、やはりその時刻になると習慣的に目が醒める自分をいとしがったり、そして、そのような日常のこまごました出来事を、一日おきくらいに旅先の夫に報告して、やはり、一日おきくらいに来る返事を待ちわびる、といった風である。

かつて激情にもだえた学生のころの許広平とは別人のようである。魯迅もまた、この家庭生活に満足していたらしい。病床に親しみがちになった晩年の文章には、妻として、子の母として、秘書として、また看護婦としての許広平に絶対の信頼を托した心境の窺える字句が散見される。そうした魯迅から、許広平はまた絶えず精神の糧を汲み取っていたらしいことは、魯迅の歿後に書かれた追憶の文章が証明する。

革命的文学者である魯迅が、このような平和な家庭生活に恵まれたことは、革命者といえば「オルグ」や「党生活者」を連想しがちな人には、不思議に思われるかもしれない。

いかにも彼には「党生活者」のような非人間的な生活――そのため愛情までも非人間的に歪めなければならなかったような悲惨な生活はなかった。彼には「執筆が仕事で読書が休息」の書斎生活があるだけであった。しかしそれは、彼が一身の安穏を望んだがためではない。三・一八に似た危機は、上海時代にも数回訪れている。「手で書くよりも足で逃げる方がいそがしい」という有名な言葉（この言葉は実は複雑なニュアンスを持つが）が生れた一九三〇年前後の大反動期には、執筆の自由はおろか、生きる自由さえ失いかけたこともあった。そのような環境のなかで、妥協もせず、沈黙もせずに働きつづけることが、どんなに困難なことであるか、戦争中の私たちの周囲を思い出してみるがいい。魯迅と同時に出発した人たち（陳独秀、瞿白秋ら）および若い世代の人たち（たとえば柔石、丁玲）の運命に較べて、無傷なのは彼と郭沫若くらいなものである。彼がテロを免れたのはほとんど偶然――ただし、クロオチェがムソリニ治下で無事であったような意味での偶然であった。彼は危機を避けたのではなく、危機を餌食にして生きたのである。

人は生きる執着を脱却したときに、はじめて真に生きられる。「人は生きねばならぬ」という魯迅の根本思想を、私はその意味に解する。彼の生活が現実生活の脱却の上に、彼の文学が文学否定の上に築かれたように、彼の愛情もまた、無償の行為といえる性質のものではないか。もしそうでなければ、あのような玲瓏な結婚生活が生れる根拠がないのではないか、という疑問を私はもつ。

ここで、許広平との恋愛＝結婚生活に影を投げている彼の第一の結婚が問題になる。

魯迅は、二十二歳から二十九歳まで日本に留学したが、その間に、二十六歳で仙台の医学校にいたとき（一九〇六年）、一度帰郷して「山陰（郷里）の朱女士」と結婚している。そして、すぐに日本へ戻って、それきり医学をやめて文学に転じている。

これは「年譜」の記載であるから、おそらく事実のまちがいはない。しかし、彼の自伝的文章には「朱女士」に関したことは全然出てこないし、結婚したこと、妻があること、それらしい様子を匂わせた文句すら見当らない。比較的には自分を語りたがらぬ魯迅であるが、それにしてもこれは異様である。

「故郷」という小説は、一九一九年の暮に彼が郷里の家を畳んで家族を北京に引取ったときの体験に基くものであるが、そこには母親が描かれているだけで、母親と並んで当然描かれねばならぬ「妻」は抹殺されている。それは作品の必要からの抹殺ではなくて、あきらかに故意の抹殺である。

魯迅は、内心の苦悩については、それが深ければ深いほど、容易に言葉にせぬ人である。安易な告白の形では彼は文章を書かない。あることについて彼が書かぬというのは、その打撃が彼においてそれだけ大きいからである。告白によって自分を軽くすべく彼の罪の意識はあまりにも深い。彼の比類のない、ほとんど宗教的な自己犠牲の根元がそこにあると思う。

彼の第一の結婚については、それを研究した伝記もまだ出ていないから、私は彼の文学の側からそれを想像するより仕方がない。

私の想像によれば、この結婚は不幸な結婚であった。おそらく因襲的な、家と家のつながりとしての結婚であり、与えられた妻に魯迅は愛情を感じなかった。それは形式だけの結婚であり、夫婦の間に精神的なつながりは――あるいは肉体的なつながりも――なかった。

気質的に正義観の強い魯迅が、なぜ虚偽の結婚をしたかという点は、私の知る材料だけでは十分な判断が下せないが、彼が没落した旧家の当主であること、母を養う義務があり、その母を彼は深く愛していたこと、その他さまざまの条件が重なったろうということは漠然と想像される。四歳年下の弟の周作人が東京で恋愛結婚をしたことを考えれば、この結婚が魯迅の本意でなかったことは確かのようである。

まるきり思想のちがう、たぶん古い型の女である「朱女士」を、魯迅は、愛することができなかったばかりでなく、憎んでいたのではないかと私は思う。なぜなら、相手を憐むことを彼は自分に許せなかったろうから。

しかし、離婚もできなかった。なぜなら、古い女にとっては、離婚は死刑の宣告に等しいから。「私は古い人間だから、古いものの悪いところをよく知っている」と彼がいうとき、彼は自分の結婚のことも思い泛べていたのではないかと思う。

私は魯迅という人間の像を考えると、波を立てぬ大海の静もりのようなものを感ずる。調和した矛盾の魂、それ自体がアンシャン・レジームである新精神――魯迅は、そのようなものであったのではないか。

「旧道徳によろうと、新道徳によろうと、自分が損をして人を利することでさえあれば、彼はそれを選び取って、わが肩に担った」と彼は、非業の死を遂げた若い友を悼んでいっているが、その言葉は、そのまま彼へも捧げられそうに思う。

もしも文学革命が起らなければ、魯迅は生涯を古典研究のなかに埋めたであろうように、もしも彼と許広平とを結ぶきっかけになった外部的事件の生起がなければ、彼は自分の結婚を因襲のなかに埋めたかもしれない。どちらの場合も、彼は外から動かされている。

しかしまた、結果から見れば、彼の十年の沈潜が文学革命の爆発を準備したように、彼の結婚生活での忍苦が正しい結婚への準備であったと考えられぬことはない。

危機は外からやってくるが、彼はそれを内において迎えたのである。

許広平との同居生活がはじまったとき、魯迅は四十七歳であった。彼と年もあまりちがわぬはずの第一の妻は、古い女であるから、新しい冒険よりは余生の安穏を願う気持が強かったろう。夫の母に仕えるのを天職と信じて、夫が外で働くために新しい妻をめとることを、古い社会のしきたりを見慣れた目で満足して眺めていられる。結婚とはこういうもの、という運命観があるから、二十年連れ添った夫を怨んだりすることは絶対にない。

その気持は新しい妻に通じていて、それだけに、自分こそ正しい結婚をしたと信じているのに、相手がそれを理解できぬことで相手を憐む劬りの気持がある。それが夫への愛情の深まりに表現を求める。

高齢の母は、息子の社会的地位にふさわしい新嫁に孫が生れることだけに有頂天になっている。

外から見れば二重結婚としか見えない形式のなかで、それぞれのものが持ち前の方向に生かされて、矛盾のまま調和している図は、不気味なほどである。

戦後文学エッセイ選4

竹内 好集

（第四回配本）

栞 No.4

わたしの出会った戦後文学者たち（4）

松本昌次

2005年10月

さきごろ、孫歌さんの『竹内好という問い』（岩波書店）を読んで、深い感銘と触発を受けた。孫歌さんは、かつて東京都立大学に滞在したことのある中国社会科学院の中国文学・日本思想の研究者で、彼女が翻訳・解説した竹内好選集『近代的超克（近代の超克）』は、丸川哲史さんの文章（朝日新聞・8月18日付夕刊）によれば、中国で現在ベストセラーとのことである。

孫歌さんは、西洋理論の物真似＝外発教養主義でなく、自力で日本の「健全なナショナリズム」を、「火中に栗をひろう」思いで考えつめた竹内さんの全著作を徹底的に読みこみ、その精神に深く寄り添っていて、感動的ですらある。日本人の誰もがなせる業ではない。孫歌さんがいうように、竹内さんは、明治以来の時代的・日本的〝負〟の制約と真正面から対決し、「概念から出発しない勇気と能力」をもって、「同時代史の状況性から真の思想課題」を引き出そうと苦闘したのである。まさに〝近代〟をいかに超克するか、竹内さんの〝問い〟は、ますますわたしたちにとって切実さを増していると思える。

孫歌さんの研究の前では恥かしいことだが、わたしが竹内さんをどう読んできたかのほんの一端を示す意味で、三〇年ほども前、竹内さんが亡くなった直後に書いた小さな追悼文と、これも一〇年ほど前になるが、ある日の竹内さんと武田泰淳さんとの出会いのエピソードを記した拙文を再録させていただく。

＊　＊　＊

竹内好氏追悼

一九四九年に刊行された竹内好氏の『魯迅雑記』の巻頭の一文、「魯迅と日本文学」がわたしは好きだ。（これは一九五一年に刊行された『現代中国論』に「文化移入の方法」と題されて再録された。）去る三月三日急逝した竹内好氏には、戦後三十年余、わたしはどれだけ多くのことを学んだか、ありきたりだがまさに筆舌につくし難い。いまあらためて、「魯迅と日本文学」を読むと、二十代に入ったばかりのわたしが、傍線を引き引きどんなにこの一文に感動したかの痕跡

がある。竹内好氏の生涯を賭した仕事の全容を一言でつくすことは不可能だが、誤解を恐れずにいえば、氏は、結局、日本の近代のありようを疑い、批判し、否定し、あるべき真の近代を魯迅をとおしてわたしたちの前に提示しつづけたのではなかったか。しかし無論、日本の近代はとりかえしようのない道を歩んだ。氏の絶望の深さは、近代の名のもとに押しひしがれた日本に限らぬアジア民衆の苦悩の全体と重ねあわざるを得なかった。

右の一文において、氏は、「日本文学は、自分の貧しさを、いつも外へ新しいものを求めることによってまぎらしてきた。自分が壁にぶつからないのを、自分の進歩のせいだと思っている。」と書いた。そしてさらに「魯迅の目に、日本文学は、ドレイの主人にあこがれるドレイの文学とみえていたのではないかという気がする。」と書いた。いうまでもなく、ことは、日本文学にのみ限らず、文化一般の移入の仕方にかかわっている。日本の近代の形成の仕方の根本にかかわっている。氏は、日本の近代文学がヨーロッパの第一流のものを次から次へと漁ったこととと、魯迅がヨーロッパの近代文学からすれば二流か三流の、主流でない傍系からとり入れたことを対比する。魯迅はおくれていたのか、まわり道をしたのか。否である。ヨーロッパの文化に近づこう、近づこうという態度で自分を近代化した日本の「近代」とはいったい何だったのか。すでに四半世紀以上も前、敗戦直後の氏の指摘が、いまなお、日本の文化を根底的に問いなおすことになっていない現状を、わたしは心から無念に思う。

『魯迅文集』（筑摩書房）全七巻の業なかばにして竹内好氏が斃れたことが口惜しいのではない。決して長くはない生涯において、氏は十分すぎるほどわたしたちに問題のありかを示しつづけた。わたしが口惜しいのは、魯迅を手がかりとして日本の「近代化の質の問題、ひいては近代のあとに何が来るかの問題」（『魯迅文集』第一巻解説）を、氏がこれほどわたしたちに問いかけたにもかかわらず、いまだにドレイ根性によりかかって成り立った日本の「近代」にあぐらをかく、文化・思想一般の寒々とした風景である。氏は死んでも死にきれない思いであろうと思う。しかし、魯迅のエッセイ『藤野先生』のごとく、氏の仕事を思うと、わたしは「たちまち良心がよびもどされ、勇気も加わる。そこで一服たばこを吸って」氏の死を深く哀惜しつつ、遺志をつごうと決意する。

（'77・4）

＊　＊　＊

竹内好と武田泰淳

その頃、――というのは一九五〇年代後半だが、中央線・吉祥寺方面に住む著者を訪ねるのがわたしの編集者としての楽しみの一つだった。西荻窪と吉祥寺を結ぶバスの法政高校

前で降りると、丸山真男さん宅があり、少し手前が石母田正さん宅、ひと停留所先きが竹内好さん宅だった。いずれも歩いて数分とはかからない距離にあった。埴谷雄高さんの家は中央線の線路の反対側だったが、歩いて十分ほどだった。未来社の刊行図書目録をみると、一九五六年に丸山真男『現代政治の思想と行動』上巻（下巻は翌年）、石母田正『古代末期政治史序説』上・下巻、五七年に埴谷雄高『濠渠と風車』『鞭と独楽』、六一年に竹内好『魯迅』が刊行されている。つまりわたしは、これらの仕事のために心躍らせつつせっせと吉祥寺方面に足を向けたのである。さらにもう一つの目的があった。それは、当時、吉祥寺からほど遠からぬ井之頭線・高井戸駅近くの公団住宅に住んでいた武田泰淳さんの評論集を作ることであった。（それは『現代の魔術』の書名で五八年に刊行された。）

その頃のある日、午前十時ごろ、武田さんの公団住宅を訪ねた。畳に坐るなり一升壜をデンとすえてのコップ酒である。そばで黙ってわたしたちの話に耳傾けている百合子夫人にも武田さんは酒をついだ。やがて辞去しようとすると、武田さんは「君はこれからどこに行くのか」という。比較的近くに住んでいた佐々木基一さん（著書『革命と芸術』が同じ一九五八年に刊行されている。）のお宅に伺いますというと、「よし、一緒に行こう」と立上った。佐々木さんとの用件がすむまで喫茶店で待っていた武田さんは、戻るとビールをのんでいて、また「君はこれからどこに行くのか」という。竹内好さんのお宅に伺いますというと、また「よし、一緒に行こう」と電車に乗った。不意に編集者にくっついて現われた武田さんに、一瞬、竹内さんはびっくりしたようだったが、長く深い友情に結ばれた両雄である、打ちとけた対話をわたしは傍らで拝聴することができたのである。

その頃をさかのぼる一九四〇年代後半から五〇年代前半にかけて、編集者になる以前の戦火の影がまだ色濃く街に漂っている日々、竹内さんの『魯迅』『魯迅雑記』、そして岩波新書の『魯迅評論集』（訳）などに、わたしは心奪われた。『魯迅』は難解であった。しかし、「魯迅の根柢にあるものは、ある何者かに対する贖罪の気持ではなかったか」「死は生をうむが、生は死へ行きつくに過ぎない」「魯迅は、本質において一個の矛盾である」「魯迅は、中国文学を掩う影のようなもの」――といった言葉が、謎めきながら次から次にわたしを捉えて離さなかった。いまもなお、魯迅を〝竹内魯迅〟としてしかわたしは理解していないが、そのことを誇りたい思いである。一方、「司馬遷は生き恥さらした男である。……口惜しい、残念至極、情なや、進退谷《きわ》まった、と知りながら、おめおめと生きていた。」の一行ではじまる武田さんの『司馬遷』には、『史記』を何一つ読んでもいないのに仰天し

た。そして月々発表される小説やエッセイをどんなに心待ちして読んだことだろうか。

その頃からすでに、竹内さんの大きな堂々とした頭はきれいに禿げ上り、パイプをくゆらせ椅子にゆったりと坐って眼光鋭く対座する姿は、埴谷さんの形容するとおり「棟梁の器」を感じさせ、「全身これ重厚にして剛直」そのものだった。武田さんはといえば、シャイな風貌を崩さず、俯いたままポツリポツリと話に受け答えするだけである。その武田さんを評して同じく埴谷さんは、「彼と一時間話し合っている時間を分割してみると、五十九分五十五秒位うつむいていて五秒ぐらいこちらをむいている計算になる」が、その「ほんの一瞬」ちらっと相手を見るだけですべてを精密に記憶し、本質を見抜くと書いている。まさに好対照のお二人だったが、その対話を聞きながら、ふと、武田さんの小説『風媒花』に対する竹内さんの批判などを思ったりした。竹内さんがモデルで登場していることも頭にきたのだろうが、一般的には概ね好評だった作品に対して、竹内さんは、これが批評に価する作品かどうか疑問と前置きし、主人公は「心の通わないデクノボー……単なる薄ぎたない、いやらしい、さとりすました、ハシにも棒にもかからぬ人物」とコテンパンに叩き、「こんな不潔な文章を、武田はいつから書くようになったのか」とすら書いたのである。武田さんは顔赤らめますます顔を俯かせたかも知れないが、友情は終生変らず、中野重治をして「武田と竹内の出会いは一つの事件」といわしめたのである。

ところで、さて竹内さん宅もそろそろ辞去しようとすると、またもや武田さんは「君はこれからどこに行くのか」という。丸山真男さんのお宅に伺いますというと、三たび「よし、一緒に行こう」と外に出た。丸山さんは武田さんの人柄と文学を愛していた。突然の訪問にも拘らず猛然と丸山さんのダベリが始まったことはいうまでもない。埴谷さんは丸山さんと竹内さんの会話を評して「丸山真男が五百語くらい機関銃のごとく述べるとやっと竹内好の一語が最後に重い臼砲のごとく返ってくる」と書いた。相手は武田さんだが、丸山さんの機関銃はかわらず、人なつっこい微笑を浮かべて武田さんは時折、小銃のごとく答えるのであった。

一九七六年十月五日、武田さん死去、六十四歳。その死を追うように五カ月後の一九七七年三月三日、竹内さん死去、六十七歳。さきに〝竹内魯迅〟と書いたが、いまもなお、中国については竹内さんと武田さんに教えられた域をわたしは出ない。石母田さんも佐々木さんも世を去った。あの公団住宅の小さな部屋で、横ずわりに坐って、妖しい雰囲気を湛えてコップ酒を傾けていた武田百合子さんも、もはや、いない。

（'94・12）

それはほとんど道徳の彼岸である。

してみれば、これもまた魯迅の精神の根元——矛盾を許すことで自分を虚無にする自己犠牲の人間愛＝贖罪の場所の自己実現でなければならない。

魯迅の死んだ翌年に戦火が上海にひろまり、そのなかで、許広平を中心にして『魯迅全集』刊行の事業が進められ、全文化界の支持をえて完成した。

「民族の魂」は民衆の間に根をおろし、自由の戦いを支えた。

戦争中、上海に留って沈黙と不服従とで「魯迅の遺跡」を守った許広平は、戦後、はじめて自由の地となった上海に、重慶から旧友を迎えて、再び活潑な文学的発言を行おうとしている。

「魯迅精神の影響を拡大し、国魂を喚起し光明を争取する」ことは、今日においてますます重要さを加えたのだから。

（一九四七年七月）

「狂人日記」について

魯迅の「狂人日記」がゴオゴリの「狂人日記」にヒントを得ていることは、魯迅自身が認めている。そして、その「意図は家族制度と礼教の弊害を曝露する」にあったために「ゴオゴリの憂憤よりは深まっていた」(『中国新文学大系小説二集』導言)ことも、彼が認めるとおりだ。そこに一八三〇年代のゴオゴリと、一九一八年の魯迅のちがいが、ほかのいろいろのちがいにまざって、あるだろう。「狂人日記」で出発した魯迅が『死せる魂』を訳しながら死んだことは、意味が深い。彼は、ニイチェを除けば、ほとんどスラヴ系の文学者ばかりから影響を受けているが、そのなかで、ゴオゴリには一番親しみを感じていたように思う。ゴルキイは、晩年は尊敬していたらしいが、まったく気質がちがうから、親しめなかったろう。アンドレエフやガルシンからの影響は、深いが部分的である。(げんに「狂人日記」の強迫観念はガルシン的だ。)アルツィバーシェフやプーシキンなどもそれぞれに影響を与えているが、不思議なことに(ほんとは不思議でないかもしれない)ツルゲネフは、一般には早くから読まれていた(日本でもそうだ)にもかかわらず、彼とは一度も出あわなかったようである。「狂人日記」が「家族制度と礼教の弊害を曝露」した作品であることは、彼が認めたとおりだ。それは「狂人日記」だけでなく、魯迅の多くの作品の主要なモチイフである。たとえば「故郷」は、幼な友達が成人してから再会したときに、お互の身分にしばられて自由に口がきけなくなる苦しい感情を、まだそのような抑圧を受けない若い世代との対比で描いている。「祝福」は、どんなに生きようともがいても古い社会のなかで生きられぬ寡婦の運命を描く。身分の意識で拘束されているために生活能力を失って没落する読書人も、よく題材にされる。迷信と権威に盲従する愚かしい民衆の心理も、そのように人間を圧迫する古い権威への憤りから、好んで彼が取りあげるテエマだ。

「家族制度と礼教」への反抗は「文学革命」を貫く一番太い糸であって、陳独秀や呉虞が檄文を書いているし、胡適や周作人の人間解放の要求も、その反抗の上に立った新時代の叫び出しであった。彼らが、神学的権威やツァーリズムの代りに「家族制度と礼教」を敵としたことは、彼らの解放の文学がもった民族色である。その民族色は、多かれ少かれ、魯迅の同時代人の誰にも流れているし、発展した形で今日まで受け継がれてきている。彼等の文学は、人間解放の文学として貫かれている。日本で、明治二十年代にあらわれかけて消え、その後、断続をくりかえしているものが、彼等の文学では一貫した基調になっている。その基調をおいた近代文学の開拓者が魯迅であった。

「文学革命」が「家族制度と礼教」に悪を発見する以前に、近代文学の前史があった。清末の政治文学である。梁啓超の政治文学論で代表されるような一時期があった。それは日本の明治十年代の政治文学からも影響を受けているが、あらわれ方はちがっていた。このときの主調は、絶対制の補強としての上からの改良主義（富国強兵）と、君主立憲と、共和と、異民族の支配に反抗する民族主義などの政論の混淆のなかで次第にかもされてきた革命熱を背景にもった、一種の自由主義――反官僚主義であった。のちに「文学革命」を担うようになった先駆者の多くは、この時代に前期的な仕事をしている。たとえば胡適は、そのころ続出した口語の政治啓蒙新聞に関係しているし、魯迅は、東欧の弱小民族の文学、反抗詩人の紹介に力を注いだ。そして、この傾向のちがいが、のちの「文学革命」に代表的な二つの面となってあらわれ、さらにその後の二人の運命を決する機縁ともなっている。

一九一一年の辛亥革命は、異民族統治の絶対制を倒したが、その絶対制を支えていた官僚機構は崩さなかった。崩さぬばかりでなく、それと妥協せずには進めぬほど革命勢力が弱かった。その弱い隙をねらって、外からの帝国主義と結んだ軍閥の帝制奪回の陰謀などもあり、反動の暗黒時代がつづいた。新しい社会の実現の夢を辛亥革命にかけた知識層が、この反動政治から蒙った打撃は大きかった。彼らは政治に絶望した。そして精神の世界で苦悩した。それが彼らに、古い制度と古い意識の悪を発見させ、政治と離れた場所で人間解放を叫ばせた。政治に絶望したところから出発したために「文学革命」は精神の世界での自律性を得た。

しかし「文学革命」を終局的に成功させたものは政治であった。辛亥革命に失敗した孫文は、民衆組織からやり直しをはじめた。彼は失望しなかった。そして「文学革命」が、当時の北京を支配していた北洋軍閥から弾圧されようとしたとき、それを救ったものは、民衆の間に高まっていた革命熱であった。「文学革命」によって激発された新精神の浸潤と、孫文の植えつけた民衆の反抗意識の合流点において、一九一九年の「五四」の国民的啓蒙運動は起り、そして成功した。

「文学革命」のころに前後して作品を書きはじめた人たち（その多くは「文学研究会」に属している）には、ある共通した調子がある。落華生や冰心や葉紹鈞や魯彦に共通したもの（あとで小説をやめた兪平伯や汪敬熙などもそうだ)、その一部は魯迅とも共通する、ある調子がある。暗さ、悲哀、憂愁、諦念、そのほか、それぞれの作家に少しずつ配色がちがうが、全体として共通さが感じられ、たとえば、「創造社」のような別の団体とくらべると、それがきわだっているもの、それがある。それは彼らが、共通の環境から出てきたことを思わせる。古いものの圧迫を感じていること、それを感じながら外へ出ていけない(それは彼らが政治に絶望しているからだ)ことからくる焦慮、閉された社会のなかでの孤立感、未来への希望が断たれているための失われた青春への悔い、などである。彼らは、自分たちの問題として人生を考えている。そして、人生は彼らに灰色である。

彼らは、作家となる希望やあてを抱いて作品を書いていない。その点が、少しおくれて出発した「創造社」とちがう。「創造社」の同人たちは、作家が可能になる見通しが立ってから、目標をもって、自覚的に作家として出発している。彼らは作家という希望をもち、未来の作品世界を幻想して行動している。彼らも人生を考え、それぞれ個性的な悲哀も帯びているが、彼らのは文学的なそれである。「文学研究会」を人生派と呼ぶことによって自分たちを「芸術派」として押し出していったのは、もっともなことであり、従ってそれだけ「文学研究会」は彼らに古くさく見えたのである。

「文学研究会」の作家たちとおなじ主調をもちながら、魯迅には別のものがあった。それは反抗の叫びである。彼もまた、辛亥革命から痛手を受けた。しかも彼の傷は深かった。彼は青年時代に革命詩人として行動しているために、革命の挫折が与えた打撃は、他のものよりもそれだけ大きかった。彼は絶望に沈んだ。一切の救いを信ぜず、それを求めようとしなかった。暗黒だけが彼にあった。暗黒は彼の外にあるのではなく、彼自身も暗黒の一部である。それが苦しいので叫ばずにいられない。

しかし叫ぶのは、救いを求めるためではない。清末に彼が反抗詩人を紹介したのは、それによって新声を導き出そうという希望があってのことだったが、その希望がみじめな「失敗」に終ってから、もう彼は一切の希望を抱かなかった。友を呼ぶために叫ぶのに彼は「失敗」したのだ。ただ自分の苦しさを逃れるために叫ばずにはいられない。瀕死の病人のうめきのように、それは肉体の発する声である。

他の作家とおなじように、魯迅もまた、作家となる目的で小説を書き出していない。作家となる目的をもたなかっただけでなく、彼は、自分が何をしようとしているかさえ、はっきり意識していなかった。彼が自分の文学の出発について、いろいろの言葉で説明しながら、ついに説明しえなかったのは、そのためである。暗黒だけがあり、そのなかで自分が「絶望的に抵抗」していることを彼は知っていただけだ。抵抗する自分さえ、まだ暗黒と未分離だった。「家族制度と礼教の弊害を曝露」したというのは、後からの判断であって、家族制度や礼教が、悪として対象化されていたわけではない。重苦しく被っているものがある。そこから出ていきたいのだが、出ていくことはできない。権威にすがれば、出ていくことはできるのだろう。観念や言葉の権威にすがって多くの人が、自分だけは抜け出たつもりでいる。彼らは抜け出たか。魯迅も、かつてはそのような脱出を試みた。しかし、それは彼にとって「失敗」だった。もう彼は一切の権威――外にあるものを信じない。暗黒を消すものとしての光を信じない。(「影の告別」)それは暗黒が彼自身だからだ。権威にすがるのは奴隷になることだ。彼は自分の絶望さえ信じない。「絶望は虚妄だ。」

「家族制度と礼教」で象徴される古いものを滅ぼすために、多くの人が、いろいろのものを持ち出した。なかでも「デモクラシイとサイエンス」は、二面の救世主に仕立てられた。彼らは、新しいもので古いものに対抗しようとした。そのことで、対象的に取り出された古いものを媒介して、新しいもの自体が存在化された。それは権威として固定した。それを最初に提唱した胡適が、最初に戦線から脱け、それを提唱しなかった魯迅が、最後まで胡適を笑った。

魯迅は、新しいものを信じない。それは、あるかもしれないが、彼自身はそれではない。「中国には、恐らくたくさんの青年の『先輩』や『指導者』がいるだろう。しかし、それは私ではなく、私もその連中を信用しない。」（「『墳』の後に記す」）彼は「家族制度と礼教」を滅ぼす武器を持たない。彼自身が「家族制度と礼教」の塊なのだ。

「狂人日記」は、被害妄想狂の手記という形式で書かれている。狂人は、自分が家族から、隣人から、食われてしまうことを恐れる。四千年の人を食った歴史、子供を殺して親を養う人食いの「孝」の道徳、革命者の心臓を煮て食った軍閥の話――いつ自分が食われる番に廻るかわからない。これが狂人心理の内容だ。恐らくそれは、子供のころ「二十四孝図」の虚偽にたいして抱いた憎しみの感情が、もとになっているだろう。徐錫麟（のちに『朝花夕拾』にも出てくる同郷の先輩にあたる革命者で、「狂人日記」では「徐錫林」となっている）を殺した軍閥への憎悪も、こめられているだろう。しかし、東欧文学からの影響も、あるのではないか。「狼は狼を食わないが、人間は人間を食う」というガルシンの哲学は「狂人日記」の狂人心理と通じるものがある。

しかし、ガルシンとちがって、この狂人は、もうひとつの恐怖観念をもっている。彼は自分が食われるのを恐れるだけでなく、自分の兄が人を食ったこと、自分が人食いの弟だということ、また、彼自身も、知らぬまに人を食わされているのではないかという恐怖をもつ。自分が食われるだけでなく、自分も食っている。人を食った自分が、人から食われるのは因果だ。食われるのは恐ろしいが、食われないわけにはいかない。逃れることはできない。救いはない。救いは、まだ人を食っていない子供にあるだけだ。――「子供を救え……」

子供は救われるだろうか。のちに彼は、それを疑うようになる。しかし「狂人日記」では、まだそこまで問題が展開していない。

多くの人は、自分が人に食われ、自分がまた人を食う恐ろしさに気がつかないでいる。だから多くの人にとっては、その恐ろしさを自覚した人のほうが、異常心理に見える。魯迅が、狂人の手記という形式を借りなければ、いい出せなかったのは自然だろう。（その点で彼はゴオゴリ的だ。）だが、人間を抑圧する制度とイデオロギイへの反抗のために、彼は手段として生本能を持ち出したのではあるまい。彼は実感として、生きがたいことを感じていたのだろう。李長之という批評家は、魯迅の作品に死を扱ったものが多い点を鋭く指摘している。彼はその説明を、魯迅の生物学的自然主義哲学に求めているが、私はその説に深く賛成するとともに、別に、魯迅が非命に倒れた革命の先覚者に一種の責任感を感じていたことを指摘しておきたい。彼は自分が「死におくれた」ことに罪を感じていたように思う。彼には、異常心理とともに、幻覚があった。幻覚はいろいろあるが（『野草』参照）、絶えず彼に呼びかける声の幻聴は、そのひとつだ。彼が休もうとするたびに、その声が彼に歩くことを命じた。彼は歩かないでいられない。道が失われても、歩くことを止めることはできない。暗黒のなかでも、手さぐりで歩き出さなければならない。恐らくその声は、死者からの呼び声でなかったかと思う。

狂人の手記という形式を借りなければ思想を吐けなかったことは、ゴオゴリ的な異常心理のためばかりでなく、表現形式上の制約からでもあった。「文学革命」が胡適の口語の提唱によって口火を切られたのは周知のとおりだ。胡適が口語を提唱したのは、それまでの彼の履歴から見て、もっともなことであるし、アメリカ留学中の日記に記録されている彼の理想、言行の移り方も、胡適流に自然だ。しかし魯迅は、そのような道を通らなかった。胡適が梁啓超の道を歩いたときに、魯迅は、それと反対の章炳麟の道を歩いた。胡適の口語は、清末の啓蒙手段としての口語からの発展だ。魯迅は、そのような啓蒙に反逆して、逆に古代に遡った人だ。おなじ口語にしても、魯迅のそれは、現代に流れている口語の伝統への反逆から、それとの絶縁から出発している。それがどんなに困難な仕事であるか、「狂人日記」よりおくれて出た小説の多くが、文章だけでなく思想まで、まだ旧派の口語小説（戯作文学）からの影響の跡を歴々と留めていることを見ればわかる。（そのことから見て「狂人日記」がどんなに新しかったか、想像される。）まだ文章の型の生れていないときに、伝統を断ち切って文章を書くとしたら、異常心理でも借りなければ書きようがないだろう。口語とも文語ともつかない、一種の口語——それは狂人にふさわしい文体だ。だからそれは、狂人心理の表現として成功すると同時に、文章改革の試みとして成功することになった。

まったく新しい文章がないと同様、まったく新しい意識も、あるわけがない。もしあるとすれば、それは外から来たものだ。外からは来るであろう。魯迅の言葉を借りるならば「鞭はかならず来る。」鞭が来るのは、鞭打たれるときだ。自由を奪われるときだ。外から来るものを待つのは、「奴隷の幻想する自由」への道だ。

奴隷になることを願わなければ、外から来るものを拒まなければならぬ。外から来るものを拒むためには、自分が与えることを拒まなければならぬ。食われないためには、食うことを止めなければならぬ。もう人を食ってしまった彼は救われないが、まだ人を食わぬ汚れない魂は、救わなければならぬ。それを救うために、彼にできることは、悪である自分を滅ぼすことだけである。彼は自分を滅ぼすために生きた。「生命の速かな消滅のために」彼は無理な仕事をつづけた。彼の生涯は贖罪者に似ていた。

彼は、何ものをも与えることを拒む。青年が彼の「果実で毒される」のを彼は恐れる。彼は与えるものを持たない。与えてはならぬのだ。それは、受けてはならぬということだ。彼は与えようとする「指導者」を憎み、受けようとする青年を憎む。多くのものが、多くのものを与えようとした。「デモクラシイ」を、「サイエンス」を、自由を、平等を、博愛を、正義を、独立を、繁栄を、与えようとした。彼は信じなかった。「他人が汝に与えると約束したものを、あてにしてはならぬ」と彼は遺言した。彼は死ぬまで権威――権威に服することと権威として他を服すること――に反抗しつづけた。

文学は終局には救済の問題につながるだろう。だが、魯迅のように救いを求めない文学者もいる。彼は救済者を求めないし、彼自身が救済者になることも求めない。彼は悪であり、その悪をもって悪と対抗するだけだ。愛のためでなく、憎しみのために、「憎むものに憎まれる」ために彼は生きた。「家族制度と礼教」は彼である。彼がそれを「曝露」したのは、自分を曝露したのだ。それは「阿Q」が彼自身であるのと同様である。この点でも、彼は、レアリストとしてのゴオゴリに近かった。

しかしそれは彼の生活からも来ている。たとえば彼は、青年時代に因襲的な結婚をして、それから脱け出そうとせずに、むしろ自分を逆にその因襲のなかに埋めようとしている。一度も愛さなかった妻と、別れなかった。それが虚偽であるのを誰よりもよく知っているのは彼だが、彼は、他の同時代人に普通に行われた離婚による脱却の方法を取らなかった。彼がこの結婚から受けていた打撃の深さは、彼が一度も妻のことを口にしなかったことでわかる。それにもかかわらず、彼は救いを求めなかった。(後年、許広平との恋愛によって救われるまでは。)それは彼が「家族制度と礼教」の被害者であるばかりでなく、加害者であることを意識していたからだろう。切り捨てることによって罪を償えないからだ。

強いていえば、救いを求めぬのが彼の救いだ。次代が彼に似ぬようになることが、そのために悪である自分を滅ぼすことが、彼の願いだ。一九二三年の「ノラは家出してからどうなったか」という講演で、彼は救済の方法に触れている。家族制度(ここでは男女の財産権の不平等)の改革のためには、各自が自分が親になったとき、家族制度のもとで絶対である親権を利用して、家族制度そのものを改革せよというのである。「学者」から見れば、空想主義に近い甘い考えである。しかし、私は、魯迅の誠実さに打たれる。万人にできることは、いくら考えても、それしかないのだ。革命とは「国民が自分で自分の悪い根性を改革すること」だと彼は許広平への手紙に書いている。対人的にものをいうとき、彼は、相手に出来ることしかいわない。そして、彼がいうことは、かならず彼が実行していることだ。それは社会問題にしても、文化の問題にしても、すべてそうだ。

「狂人日記」は青年に激動を与えた。彼の作品のなかでも、これほど影響力の大きかったものはない。「私は世界が変ったような気がした」と、それを読んだ青年の一人は告白した。新しい時代がはじまったのである。魯迅の暗黒が、相手の内部へ食い入って、生命の火の自然発火となったのだ。新しい人間の形成が、このときからはじまった。たとえば巴金のような次代の作家は、直接に「狂人日記」の影響のなかから出ている。そして彼は、古い家を捨てることから行動を起している。そのような青年、自分の責任で問題を解決して行く青年が、次から次へ出てきた。

魯迅自身は、死ぬまで、暗黒との絶望的な格闘の意識から解放されなかったが、彼の精神は、独立戦争を通じて受けつがれ、強められ、今日に持ちこたえられ、さらに新しいものを生みつつある。人人は彼の痛ましい戦いの生涯から、つねに教訓と激励を汲みだしている。

日本文学には魯迅がなかった。二葉亭以来、断続して反抗詩人は生れたが、いつも妥協か敗北におわった。藤村の「家」から志賀の「和解」への妥協の道、啄木から小林をへて島木の敗北への道しかなかった。そして、あるものは現実忘れの植民地文学、奴隷文学だけだった。「奴隷に甘んずるのが奴隷だ」と魯迅はいった。「奴隷と奴隷の主人はおなじものだ」ともいった。背伸びして植民地本国の豊かな文学をまねていた日本文学は、魯迅の目には、貧しい植民地文学に見えただろう。それは文学だけではあるまい。権威の言葉で語るものは、どこにでもいる。食われてはならない。

（一九四七年十二月）

魯迅と日本文学

魯迅は、わりに早くから日本に知られていた。日本の文学者で上海へ旅行して、魯迅にあって、その会見記を書いているものは、かなりいる。それについて（たとえば長与善郎など）魯迅は、自分のいうことが相手に理解されない、とんでもない誤解ばかりしている、と不平をもらしている。結局、おたがいの国情がちがうから、諒解は困難なのだろう、ともいっている。魯迅の生前に、魯迅にあった日本の文学者は、たいていは作品もろくに読まずに、ただ名声だけにひかれて、つまり政治家的に、魯迅にあっている。かれらは文学者としてではなしに「支那浪人」として、魯迅にあっている。魯迅だけではない。また長与善郎だけではない。相手から不安を感じずに、したがって影響もされずに、魯迅にあっている。そういう精神、それはそれとして処理してあやしまない精神、そのようなものが日本文学にあったわけだ。そして今でもある。それは文学をダラクさせる衰弱した精神である。「大東亜文学者大会」という茶番劇が、まだ茶番劇になりきっていないのは、そのような精神の支配が自覚されていないからだろう。

国情がちがうから、理解が困難だという魯迅のコトバは、深い意味をもっているように私は思う。

自分が理解されない不満を訴えているよりも、むしろ、相手の理解のなさを掘りさげていって、そのもとづくところを批判したコトバのように思う。理解のない相手をあわれんでいる気味が感じられる。魯迅は、日本文学のことはよく知っている。かなりこまかなところまで目がとどいている。自分にあいにくる相手の文学の性質、位置などは、よくわかっている。その相手が、はじめから自分を理解しようとする気持などないこと、偏見や先入主で目をふさがれていること、その目をふさがれていることを疑ってもいないこと、は承知している。不安のない、伸びきった精神を、どうあしらえばいいか、誰だって当惑するにきまっている。「国情がちがうから」とでもいうほか仕方なかろう。

「中野重治の作品は、その本以外には、中国にありません。かれも転向しました。日本のすべての左翼作家は、今でも転向しないものは、たった二人（蔵原と宮本）だけです。あなたがたは、きっとびっくりされるだろうと思います。かれらはまったく、中国の左翼の頑強ぶりに及ばないのですから。」魯迅は、一九三四年の蕭軍あての手紙に、こう書いている。魯迅がどれだけ深く日本文学を理解していたか、どの方向から理解していたか、この引用だけでよくわかる。日本文学が照らされているような感じだ。しかしかれは、日本の左翼文学の転向を非難しているのでも、「中国の左翼の頑強」を誇っているのでもない。それにつづけて、こういっている。「もっとも、ものごとは比較して論じなければならないので、かれらのところでは、圧迫のやり方がじつに組織的であって、徹底しております。かれらはドイツ式の精密さと周到さをもっております。もし中国でそのまねをすれば、事情はまた変ってくるでありましょう。」

軍官僚支配の機構が洞察されている（それは国情がちがうあらわれの一部である）だけでなく、それを肉体的に感じ、そのなかへ身をおき、外から眺めるのでなく、自分ならどうするという決意をひそかにもって、つまり行動の場で、文学者として日本文学に触れていたことが、よくわかる。

かれが「中国の左翼」といっているのは、おもに「中国左翼作家連盟」を指していると思う。この組織は一九三〇年にできた。そして「ドイツ式」ではないが「アジア的」な圧迫をうけた。最後には自然消滅のような形になっているが、一九三六年（魯迅の死んだ年）の大論争をへて、抗日統一戦線の結成に伝統としてつがれている。「左連」のことは、私にはよくわからぬ点が多い。しかしともかく、発生的には「自由大同盟」からきているし、魯迅も防衛の組織だといっているし、歴史的に見ても、人民戦線の母胎になっていることはたしかだ。日本のナップのように党派的な結社ではなかったようだ。一種の大衆組織であり、本来的に人民戦線的なものを含んでいたように思う。一九三六年の大論争というのは、これも事情のよくわからぬ点があるが、抗日統一戦線の結成の問題（おもに組織問題）をめぐって文壇が二つに分裂した。魯迅は少数派であり、かれは世論に抗して、死を賭して戦った。かれがなぜそのように頑強であったかを、私のわかる範囲でいえば「左連」の伝統を固執したからだと思う。「左連」は組織としてはルーズな組織であるし、圧迫もひどかったので（そのひどさは、日本とはちがう、そしてある意味では日本以上のひどさだった）、組織としての活動はうすれていたし、脱落者もふえていた。そのころ日本帝国主義の侵略が露骨になって、民衆のあいだに、救国の意識がもえあがっていた。そして中共側から統一戦線の提案があった。統一戦線は無条件でなければならなかった。それにもかかわらず、むしろそのためにこそかえって、魯迅は「左連」の伝統を強く守った。結果は統一戦線を人民戦線の方向に導くに役立っている。そして魯迅の死がそれを媒介している。「魯迅精神」と呼ばれるものが、それだ。

この論争は、もっとよく研究しないと、わかりにくいが、ともかく魯迅が、論争の相手から非難されたように、分派的に、あるいは極左的に、行動したのでないことは、たしかである。むしろかれは、そのようなものと絶えず戦ってきている。かれは自分を主張したことがない。文壇的な党派をたてたことがない。かれはいつも受け身である。「左連」のうまれた一九三〇年ころには、魯迅は、思想的にはだいたい共産主義に近くなっているが（かれは自分を一度も共産主義者と呼んだことがない。同伴者と呼んでいる）、かれの共産主義は、かれの本質である反封建、反帝国主義を自覚的にする方向で作用しているだけである。異質なものが加わるのでなく、本質的なものが強められているだけだ。それだけ前近代的半植民地としての現実に徹底している共産主義である。

「左連」がうまれるまでの数年間、魯迅は革命文学（プロレタリア文学）の集中攻撃にあって、悪戦苦闘した。このときの論戦の激しさも一九三六年の論戦におとらない。革命文学の浪曼的傾向（それは日本の新感覚派の左翼への転向と似ている）を魯迅は許さなかった。その結果が「左連」という進歩的作家の大衆組織をうみだし、その伝統が抗日民族統一戦線につながっているわけである。

日本のプロレタリア文学を歴史的に評価するとき（それは日本文学の進歩のためにぜひ必要な仕事だ）、「左連」は鏡になると思う。「左連」とナップは友好団体であったが、本質はちがうものではなかったか。なぜ日本では「左連」がうまれなかったか。それはつまり、なぜ魯迅のような人間がでなかったか、ということにもなるわけだが、そのことが、魯迅のいう「国情のちがい」のちがいにおいて究められなければならないと思う。日本が、まがりなりにブルジョア文学をもったことが、魯迅のような人間をうまなくしている条件であることはたしかだが、それはそれでいいのか。その条件は「国情のちがい」であるか。もし二葉亭以来の日本文学を数年間に圧縮したら、魯迅のような人間像がそこからでてくるか。私には信じられない。

魯迅は、日本文学から多くのものを吸収している。かれは明治の末に日本へ留学し、日本語を通じて、またドイツ語を通じて、ヨオロッパの近代文学を吸収した。この吸収の仕方は、かなり個性的であって、たとえば、かれはドイツ語をやったが、ニイチェを除いては、ドイツ文学そのものは、あまり入れていない。(ただ、晩年にはハイネに関心をもって、全集を読む用意をしていたという。) かれが入れたのは、ドイツ文学でなくて、ドイツ語に訳された弱小民族の文学である。ポオランドや、チェコや、ハンガリや、バルカン諸国の圧迫されている民族の文学、それからスラヴ系統の反抗詩人の文学である。そのようなものが、かれに切実であったので、かれはそれを入れたのであろう。これはかれだけでなく、かれの同時代人にも共通な一種の時代色であるが、ともかく、このような外国文学の入れ方は、日本文学からみれば、どうだろう。日本文学は、ヨオロッパの近代文学を入れるのに、そのような入れ方をしなかった。いきなり第一流のものに飛びついた。ヨオロッパで近代文学の主流とされているものを、次から次へと漁った。まず一流のものを、それから二流を、というのが日本文学のやり方だった。これは文学だけでなく文化一般についてそうである。日本文化は、ヨオロッパの文化に近づこう、もっともっと、近づこうという態度で自分を近代化しようとした。もっとも、日本文学の初期には、そうでないものもあったようだ。政治文学のはやったころ、それから二葉亭の翻訳などには、そうでない傾向があるが、鷗外や敏になると、もうはっきりしている (鷗外がゲエテを理解せずにファウストを訳した、という意味ではない。）これは下部構造と深いつながりをもった現象のように思う。そして今日でも、方向としてはそうである。

魯迅のような外国文学の入れ方は、日本文学からは、どう見えるか。それは、おくれとしてみえる。魯迅の入れたのは、ヨオロッパの近代文学の主流から見れば、二流か三流である。主流でなくて傍系である。そんなものを、主流であり第一流であるものをほうっておいてわざわざ訳すのは、気がしれない。それは近代化のためには、まわり道だ。魯迅のような近代文学の開拓者が、そんなものに共感しているのは、それだけおくれているからだ、そう見える。

魯迅も、弱小民族の文学が世界文学の主流だと思っているわけではない。ゲエテやトルストイを訳したくなかったのではない。反対である。近代文学のあらゆる古典が訳されることを希望し、そのために努力した。若い外国文学の研究者をそだてるのに、かれほど熱心であった人は少い。そして自分が大作を訳すだけの力がないことをいつも嘆いている。日本に翻訳が多いこと、日本人が新しい文学を取りいれるのに機敏であることをほめ、それで若い研究者をはげまし、自分でも、そのような日本文学に取りいれられた新しい文学を、ある点では日本人以上に、利用している。かれは自分でも一生を通じて翻訳の仕事をやめなかったが、晩年に訳したものを見ると、新しい文学を紹介するためにどんなに苦心していたかがわかる。日本の翻訳、それも零細なものや、不完全なものを、じつに細心に利用している。これは翻訳だけでなく、版画の輸入などについても、おなじだ。ただ、かれは、それでもって自分を主張することは、しなかった。また、外国文学（たとえソヴェートであろうと）を権威にして新しさを主張するものとは、いつも対立して戦った。ヴァレリイやロマン・ロオランやルナチャルスキイを権威にするものと戦い、その仮面をはがした。

このことは、かれが、日本文学をどのように受け入れたか、ということとも関係している。つまり、主流を入れなかった。主流であるとか有名であるとかいう理由では、世界文学からも、日本文学からも、何も入れなかった。かれが日本へ留学していたころは、日本では自然主義がはやっていた。しかしかれは、日本の自然主義も、フランスの自然主義も、入れなかった。かれが周作人と共同で一九二三年にだした『現代日本小説集』をみると、じつによくできていて、かれらの理解が凡庸でないことがわかるが（この本のことは芥川龍之介が日本へ紹介している。そのことで芥川の理解が凡庸でないこともわかる）、それだけに、魯迅は日本文学にたいしても、かなり厳しい批判の目をもっていたことが想像される。（好みはちがうが周作人もそうである。）魯迅の入れたのは、日本文学の傍系で、おもなものは、有島武郎と厨川白村である。これはニイチェと関係して、初期のかれの傾向がはっきり示されている。それから、実現はしなかったが、晩年の芥川を高くみて、紹介の意図があったということである。かれは日本文学からも、自分にとって本質的なものを選んでいる。日本の文学者が、有名だからというので、魯迅にあいにいく態度とは反対である。「私はショオが好きだ。それは其の作品、或は伝記を読んで好きになつたのではないので、只だ何処でか少許の警句を読んで、誰れかから彼はよく紳士《ブルジョア》社会の仮面を剥取ると言ふ事を聴いたから好きになつたのだ。もう一つは支那にも随分西洋の紳士の真似をする連中が居る、彼等は大抵ショオをこのまないから。私は往々自分の嫌ふ人に嫌はれる人を善い人だと思ふときがある。」（日本文）これが魯迅の態度だ。

有名であろうがなかろうが、そんなことはかまわずに、自分にとって本質的なものだけを入れる、という態度は、魯迅の個性が強いからそうなるのだろう。しかし、個性の強さも、社会的にうみだされるものだろう。孫文がやはり魯迅とおなじ型だ。そして日本人には、孫文のその点が、やはりおくれとしてみえていた。だから日本人は、孫文の思想なり運動なりを理解することができなかった。いまでも理解していない。

ヨオロッパ文学（文化）の受け入れ方における魯迅型と鷗外型のちがいは、下部構造の発展法則のちがいを反映しているだろう。一方は上からの近代化に成功した。じつは成功しなかったのだが、成功すると思うことで、可能的に成功していた。そしてそのために生ずる内部の矛盾を、外へ向うことで解決しようとした。征韓論以来、いつでもそうだ。よく「プロシャ型」といわれるような運動法則があった。この型の特色は、植民地から脱却するために自分が植民地の主人になる、という方向での、また自分のおくれを取りもどすためにいきなり最新のものに飛びかかるという、魯迅が日本人の「勤勉」とよんでいる自己拡張的な生活力をうみだすことである。それが意識の面にあらわれると、先進国へ無限に近づこうとする方向での、近代化の運動となるのであろう。だから日本文学は、いつも外へ向って新しいものを待っている。いつでも希望がある。脱落したり、妥協したりして、個人がふりおとされていっても、希望だけは残る。絶望さえが目的化されて希望になる。（太宰治などの例。）魯迅のような絶望はうまれなかったし、うまれるはずもない。したがって、それを理解することもできない。

魯迅の法則は、ちがっている。魯迅をうんだ社会がちがうように、それはちがう。清末の社会は、日本のように、上からの改革があったが、すべて失敗した。曾国藩たちの上層官僚の運動も失敗したし、それにかわった康有為の下層官僚の運動も失敗した。その失敗は、人間の意識に定着して、逆に下層構造にはたらきかけた。上から外へ、でなく、下から内へ、という傾向がうまれ、それが加重された。孫文の運動は、異民族支配の君主制を倒すことでは成功したが、その成功は同時に失敗であって、外国勢力を背景にもつ軍閥の反動政治を導きだし、改めて下からの国民革命へ再出発しなければならなかった。その国民革命のなかから中共の運動が出てきた。そのように、運動はいつも下から出て、内へ内へと進む。外から加わる新しいものを拒否することによって、否定的に自己を形成していった魯迅のような人間が可能になるのは、そのような地盤においてであろう。

もっとも、これは主流についていうので、魯迅型と鷗外型という形で私が問題をだしているのも、個々の人間の精神の型としてでなく、社会的な意識の運動法則の型としてである。つまり、魯迅的なものを倒していつも鷗外的なものが主流になっていく型と、鷗外的なものが絶えず魯迅的なものに吸収されていく型、という意味である。胡適や林語堂などは、魯迅とは逆の型だが、主流にはならなかった。一九一七年にはじまる文学革命は、胡適が主役だったようにいわれているし、実際にそうだが、歴史的に評価すれば、胡適的なものから魯迅的なものがでてきたのが文学革命である。それは革命文学から「左連」がでてきた一九三〇年の事情と似ている。胡適がデモクラシイをもってきたとき、魯迅は、あからさまに反対はしなかったが、内心では胡適の甘さを笑っていた。そのときはもう魯迅の「絶望」は形成されていたから。デモクラシイを救いであると幻想することは、かれにはできなかった。だから、救いのないことを救いのないままに書くよりほかになかった。そこで『狂人日記』がうまれた。

一九二五年に林語堂がフェアプレイを提唱したとき、魯迅は反対した。地盤のないところへブルジョア道徳を輸入しても、それは変形してしまうだけだ。フェアプレイがフェアでなくなって、強いものを強め、弱いものを弱める力に変ってしまう。そういった。かれは、それを知識としてでなく「絶望」を形成したもとになっている体験から知っている。救いは外からこない、というのが「絶望」の内容である。かれのみた世界は、人間が人間を食う世界である。いつ食われてしまうかわからない。そればかりではない。かれ自身が人間を食っている。世界が悪であるばかりでなく、その悪をほろぼさなければならぬ自分も悪である。悪をほろぼすものとして、悪があるだけだ。悪の外に、それを眺める善の立場があるのでなく、悪から離れようとしてもがきながら離れることのできぬ悪である自分があるだけだ。

このような人間は、日本文学の目に、どううつるか。おくれとしてうつるだろう。後進国の閉塞した社会のうんだ典型としてうつるだろう。じつは、おくれとしてうつること、そのことが問題なのだが、それが問題だということさえも日本文学には意識されないだろう。日本文学は、そのようなおくれから脱却できた、あるいは、いつか脱却できると自分をおもっている。かれは可能性をもっている。いつも仮設された自明の点をもっている。日本文学も、自分が近代をもったとは考えないが、近代をもちうるとおもっている。日本という後進的な社会へ持ちこまれて近代が変形されることに気がつくが、気がつくと改めてほんものの近代を探すことからはじめる。試行錯誤だ。そして永久に壁にぶつからない。日本の社会の矛盾がいつも外へふくれることで擬似的に解決されてきたように、日本文学は、自分の貧しさを、いつも外へ新しいものを求めることによってまぎらしてきた。自分が壁にぶつからないのを、自分の進歩のせいだと思っている。そして相手が壁にぶつかったのをみると、そこに自分の後進性を移入して、相手に後進性を認める。ドレイは、自分がドレイの主人になろうとしているかぎり、希望を失うことはない。かれは可能的にドレイではないから。したがって自分がドレイであることの自覚もうまれない。ドレイが、ドレイであることを拒否し、同時にドレイの主人であることも拒否したときにもつ絶望感は、かれには理解できない。しかし、ドレイが脱却の行動をおこしうるのは、自分がドレイであることを自覚したときである。魯迅は、自分の国の歴史を「ドレイになろうと思ってもなれぬ時代」と「しばらく無事にドレイになれる時代」の交替とみて「中国歴史上かつてなかった第三の時代を創造すること」が「現代の青年の使命」だといっている。こういう形で伝統を拒否することは、日本文学からは、ヒステリイに見えるだろう。

日本文学にとって、新しいものはいつも、流派として外からくる。プロレタリア文学もそうだ。そしてそれは、それを待っているものによって、権威にされてしまう。プロレタリア文学もそうだ。権威に反抗しろということが権威になる。権威が現実にぶつかって価値を失うと、べつの権威をさがす。魯迅が、権威としてのプロレタリア文学を否定することによって「左連」へつきぬけたような運動は、日本ではおこらない。敗戦という壁にぶつかった今日でも、フランス型か、ソヴェート型か、中共型か、などという議論の形でしか、新しい運動がおこってこない。いろいろの型の直輸入がダメなことがわかると、その型をどう変えたらいいかを考えることしか考えない。だいたい、フランス型とか、中共型とか、それらが型としてうつる目がおかしくはないのか。自分の壁を見たくない、自分のドレイ性を忘れたい卑怯な気持のあらわれではないだろうか。

日本文化の分裂ということがいわれている。岩波文化と講談社文化とか、都市と農村とか、いろいろのコトバでいわれている。そして、その統一ということが議論されている。しかし、文化はほんとうに分裂しているのだろうか。もし分裂しているなら、その分裂を苦痛に感じる精神があるはずだが、そんなものがどこにあるだろう。文化の分裂とみえるのは、その目がおかしいので、じつは分裂する文化などはなくて、べつべつの疑似文化があるだけではないのだろうか。

魯迅のいう「国情のちがい」ということは、たいせつなことだから、よく考えてみなければならぬと思う。下部構造のちがい、社会および意識の発展の法則のちがい、そういうものだろうか。それだけのちがいだろうか。もっと深いちがいがあるのではないかと私は思う。ドレイを自覚したものと、ドレイを自覚せぬほどドレイ的なものとのちがいではないだろうか。魯迅の目に、日本文学は、ドレイの主人にあこがれるドレイの文学とみえていたのではないかという気がする。「国情がちがうから」という魯迅のコトバの語気から、私はそれを感じる。日本文学がそれほどドレイ的であるのは、奈良朝以来の大陸文化の影響から日本文化が一度も抜けでなかったこと、その脱出の失敗、その失敗が意識させぬほどしみついた劣勢意識、そしてヨオロッパ文化を入れたことによって脱出したつもりでいるが、じつは脱出していない依存性からくるのではないかと思う。独立をおそれ、自由をおそれ、自分のドレイ性に目をふさごうとする根ぶかい本能があるのではないか。それはいろいろの現象にあらわれているので、たとえば「フランス」を平気で「仏蘭西」(ふつらんせい)と書いたり、国語辞典と漢和辞典という二種類の字引を実用に使って不思議に思わなかったり、「支那崇拝」の裏がえしである「支那侮蔑」を意識しなかったりするのは、みなそうである。ドレイからの脱却の行動をおこした魯迅が、おくれとみえる日本文学の、べつのおくれが問題にされなければならぬと思う。
魯迅は晩年に日本語で文章を書いている。それらはほとんど日本の民衆への呼びかけの形と内容をもっているが、日本文学はそれに答えなかった。このごろ、魯迅がはやる傾向がある。日本文学にとって、魯迅は必要だと私は思う。しかしそれは、魯迅さえも不要にするために必要なので、そうでなければ魯迅をよむ意味はない。私がおそれるのは、そのような魯迅を日本文学が権威にしてしまうことである。魯迅のような民衆詩人が官僚文化の偶像にされることである。その危険は十分ある。げんに私にしても「魯迅型」というような形でしか魯迅を扱えていないではないか。

（一九四八年一月）

「阿Q正伝」の世界性

中国の近代作家のなかで、日本では、魯迅がいちばん有名であるし、魯迅の作品のなかでは「阿Q正伝」がいちばん有名だ。中国の近代文学といえば、だれでも、最初に魯迅の名をあげる。その魯迅の代表作品といえば、たいていの人は「阿Q正伝」をあげる。それほど「阿Q正伝」は、通俗的にも有名だ。これはむろん、理由のないことではない。

日本でそうであるばかりでなく、本国でもだいたいはそうである。中国の近代文学は、まだ三十年の歴史しかないが、そのなかで最初に指を折られるのは、やはり魯迅だろう。その魯迅の代表的作品といえば、やはり「阿Q正伝」をあげるのが、穏当だろう。私は魯迅の代表作として、あるいは中国文学の代表作として「阿Q正伝」をあげることには、ある抵抗を感ずるが、しかし、それにしても、その抵抗を計算にいれても、問題をいちばん多く含むという意味で、選ぶならばやはりそれを選ぶより仕方ないように思う。

「阿Q正伝」には、十数種の外国語訳がある。たいていの国語に訳されている。このことも「阿Q正伝」を通俗的に有名にしている原因のひとつだが、それが通俗性の原因であるということよりも、逆にそのことから「阿Q正伝」そのものの普遍性、世界文学性が、問題にされる必要があるだろう。通俗的にしろ何にしろ、ともかく日本文学には「阿Q正伝」の半分も外国語に訳されたものはないのだから。

「阿Q正伝」は中国文学の古典になるだろう。げんに古典化されつつある。中国文学は「阿Q正伝」を古典化する方向に動いている。そのことは、だいたいそうである。しかし、それは世界文学の古典になるだろうか、という問題になると、簡単にいいきれないものがある。通俗性は古典化の条件にはならない。むしろ逆の条件の場合が多い。しかし、「阿Q正伝」が否応なく帯びさせられている雰囲気を洗ってしまって、あとに残るものは、やはりあるように私は思う。そしてそれは、世界文学の古典に共通するもののように思う。それは何かというと、言葉でいうことは危険だが、もし強いて私流の言葉でいえば、人間性への信頼の念、というよりも、その信頼を支えている精神の高さ、あるいは、人間性回復にかけられている情熱の深さ、ということである。そのような独立不羈の精神の高さにおいて「阿Q正伝」は一流である。

私がこういうのは、ロマン・ロオランのことを念頭においてである。ロマン・ロオランが「阿Q正伝」をよんで感動した、という話がある。私はたしかめたわけではないが、魯迅のよみはじめのころ、何かでこのエピソオドを見て、なるほど、と思った。ありそうなことだと思った。そのままにうなづける気がした。そのころ私はまだ魯迅がすきでなかった。魯迅のなかでも、ことに「阿Q正伝」はすきでなかった。「阿Q正伝」は私にはむつかしすぎた。「阿Q正伝」のまとっている雰囲気が私はいやで、それが理解を妨げ、私は「阿Q正伝」と反対の側——「孤独者」や『野草』の側からばかり魯迅を解釈しようとしていた。だからロマン・ロオランの話も、いかにもロマン・ロオランにふさわしい、と感じはしたものの、それを「感動」という言葉であらわすのは、もし伝聞者の誇張でなければ、半分はロオランのお世辞であるか、お世辞でないまでも、ロオラン流の甘さからくる自己陶酔の結果で、どちらにしろ、作品の評価としては正しくない、と思っていた。「阿Q正伝」の通俗性が私には目ざわりで、その目ざわりの自意識で私は自分の目をふさいでいた。私は、ロマン・ロオランも魯迅も、そのものとして理解していなかった。

たとえば漱石の作品で「猫」や「坊ちゃん」と「明暗」とでは、ほとんど対蹠的だ。しかし、どちらが漱石で、どちらが漱石でないということはできない。私は、自分の経験をいえば、「猫」や「坊ちゃん」の通俗性にじゃまされずに作品鑑賞ができるようになるまでには、「明暗」から辿っていって、かなり長い歳月がかかった。魯迅と漱石とは、気質や天分に、よく似たところがある。魯迅にも「明暗」のような作品があるし「草枕」や「夢」のような作品もある。「阿Q正伝」は、もし漱石の系列に移せば「猫」や「坊ちゃん」に近い。私は魯迅を「孤独者」の方から見ていったので、「阿Q正伝」に辿りつくまでには、これもかなり長い時間がかかった。

漱石と魯迅が似ているといっても、似ているなかに決定的に似ていない面もあるので、その面を見逃してはならぬと思う。それはたとえば、漱石の「猫」と「明暗」では時間的な距りがあるが、魯迅では「阿Q正伝」と「孤独者」が並在する、ということにもあらわれている。たしかに歩いたことは共通だが、歩き方はちがっていた。もし天分がおなじだと仮定すれば、魯迅の苦しみの方が深かったろうと私は思う。そしてそれが「阿Q正伝」の世界文学性を導き出しているのではないかと思う。両者とも、作家としての自覚をもたずに出発した。生活人の地盤から出発した。その点は共通である。漱石は、自己の内部の作家へ向って自覚を深めてゆき、それに成功した。魯迅は、その成功の可能のない方向へ、道を選んだ。自分で内部の作家を殺した。漱石にとって幸福であったことが、魯迅にとって不幸であった。この点で魯迅はむしろ、漱石をつごうとした芥川の方に近かった。漱石が信じようとした作品世界から、魯迅は出ていったのである。漱石が「教養」の着物を一枚一枚ぬいでいくとき、そのぬぐ自分を意識したとしても、その自分が保証されていることには気がついたかどうか疑問ではないかと私は思う。漱石の環境はその疑いをはぐくまぬほどに幸福であったろう。しかし、世間には、着物をぬぐ自由さえない人間もいるし、そのような人間を理解しようとして、自分から進んで一切の保証を拒む人間もいるのである。

たとえばガンジイがそうだ。そして、トルストイ―ガンジイ―ロマン・ロオランのつながりを考えてみるとき、魯迅（ことに「阿Q正伝」）は、自然にそのつながりのなかに席を占めていることに気がつく。（そのことが同時に、私がかつて、そして若干の人がいまでも、「阿Q正伝」に不満をもつ原因でもあるだろう。）「阿Q正伝」の世界文学的な位置は明瞭である。そして、この系列からすれば、漱石ははずれてしまう。（むろん、別の系列からすれば別である。）

漱石のヒウマニズムと、魯迅のヒウマニズムとは、異質のものだ。そしてそこから、両者のユウモアのちがいも出てくると思う。周作人は、魯迅が留学時代に、漱石を愛読したことを書いている。そして「作風は似ていないが、諷刺的筆致の軽妙さは漱石から影響を受けた」といっている。魯迅が日本文学で漱石以外を重んじなかったことは事実だが、影響を受けたというのは、すこしいいすぎではないかと私は思う。類似点はないと思う。むしろ、周作人がそれにつづけて「しかし深刻なところは、ゴオゴリとシェンキウィッチからきている」と書いている方を、重く見たい。魯迅のユウモアは、本質的に、漱石よりゴオゴリに近い。それは漱石のユウモアが、メレディスやチェスタアトンに近いのとおなじである。類比が飛躍するかもしれないが、「猫」が「膝栗毛」に近親するとすれば「阿Q正伝」は「西遊記」に近親さをもつだろう。それに似た質的なちがいが、あるように思う。

このことは「坊ちゃん」と「阿Q正伝」をくらべてみれば、よくわかる。「坊っちゃん」にしろ「阿Q」にしろ、こういう典型的な人間類型を創造し、それを縦横に活躍させた作者の力は偉大だが、その創造の仕方はまったくちがっている。表と裏だ。無力な正義派という「坊っちゃん」の主人公は、万人の胸に同情をよぶが、愚劣と悪徳のかたまりである「阿Q」のように、その同情をはねかえす力はもっていない。「坊ちゃん」が同感されることは保証されており、その保証を与えている社会通念を、作者は疑っていない。一歩あやまれば佐々木邦へいくところに、作者は立っている。むろん、漱石は佐々木邦へいかなかった。しかし、「坊ちゃん」の世界を破壊することも、しなかった。「坊ちゃん」は青春の文学であり、そのような青春を、漱石はもつことができた。そして魯迅はもつことができなかった。これは作家としての稟質の差よりも、その作家をうんだ社会的環境のちがいによるだろう。芸術的完成では「阿Q正伝」は、はるかに「坊ちゃん」に及ばない。これも稟質の差よりは、そのおかれている環境の反対表現である比重の方が強いだろう。

魯迅には青春がなかった。かれの青春は、失敗の連続としてかれの意識に刻まれており、かれの「絶望」（魯迅の絶望にくらべて、日本の戦後作家の絶望が、どんなにたあいない、にせものばかりだろう）を形成している。そのことは、かれが、閉塞した社会のなかで、誠実に生活者として道を歩いてきたことを示している。このような生活者が、ゴオゴリへいかないで漱石へいくことは不可能だ。過去への復讐だけが、かれにとっては、生の意味である。かれは、かれの憎むものに打撃を与えるために、それをかれの内部から取り出さなければならない。そしてかれは取り出した。それが「阿Q」だ。このような人物の創造の仕方は、ゴオゴリ的である。魯迅とゴオゴリとの本質的な類似は、閉塞した社会に生きる作家の共通の運命を示しているように私には思われる。漱石が、その運命を免れたのは、漱石にとっても、日本文学にとっても、幸福であった。もっとも、それがほんとうの幸福であったかどうかは、今日では、私には疑問である。

「阿Q」ほど弱点の多い人間は、近代文学のなかに珍しいだろう。どんなに思いきって自己曝露したつもりでも、これほどの悪徳を対象に盛ることはむつかしい。魯迅の苦しみの深さがよくわかる。「阿Q」というルンペン農民は、前近代的植民地社会の典型だといわれている。そのとおりだと思う。しかし、同時にそれは人間性一般に通ずる普遍的なもの——ドン・キホオテ的なものでもある。普遍にまで高められた特殊——真の特殊だ。「阿Q」にくらべれば「坊ちゃん」はまだまだ個別である。「阿Q正伝」は、作品としての完成の度が低い。ほとんど作品といえないくらいだ。作者もそれを自覚している。これは制作の事情にも関係することで、魯迅には最初は小説にする意図はなかった。発端のふざけ半分の書きぶりでも、それはわかる。だんだん引きこまれて、まじめになっていったらしい。そのような構成上の不統一や、そのほかにもいろいろ欠点がある。また、描写の誇張や、様式化など（これらは作者が意識して用いている手法であることが、のちにわかった）近代小説らしくない面がかなりある。それらが、ながいあいだ私に「阿Q正伝」をなじめなくさせていた。私は「阿Q正伝」が気になりながら、解釈できないでいた。ロマン・ロオランの甘さを、甘さだけで片づけていた。

しかし私は、自分の誤解について思い知るときがあった。作品を自己完結的な作品だけとして量るのはまちがいで、それのおかれている時間空間上の幅と重みから見るべきであることをさとった。何よりも決定的に私の評価を変えた契機は、自分がこの作品を訳してみて、魯迅がどんなに深く「阿Q」を愛しているかを知ったことである。「阿Q」が嘲罵され、殴られるときに痛むのは、魯迅の肉体である。魯迅によって、憎むものとして、打撃を与えるために、魯迅から取り出した「阿Q」が、魯迅によって愛されている。それはほとんど私には啓示であった。この短い（日本語で百枚くらい）破綻の多い、小説の体をなさぬ小説が、どんなロマンにくらべても見おとりしないということの意味がわかった。それがわかってみると、いままで作品の欠陥におもわれていた点まで、長所に見えるようになった。たとえば、この古めかしい英雄譚が、同時に心理的手法を取りいれているほど新しいのである。作品としての破綻は、欠陥であるよりは、作品を実人生に向って開放しているひろがりのように見える。百枚の「阿Q正伝」が千枚の『死せる魂』と等量の群像を包む大宇宙のように見えてくる。ロマン・ロオランがこの作品を認めたことが、私が想像するような甘さからではないことがわかった。たとい甘さであるにしても、その甘さは私などの手をつけられぬ甘さであることを私は理解するようになった。（たとえば戦争の体験は私たちにヘッセの甘さについて反省の機会をあたえた。）

魯迅は、一切のブルジョア道徳を拒否した人である。かれはヒウマニズム（おそらくはロマン・ロオランをも含む意味での）を、そのものとしては認めなかった。「左の頰を愛人に接吻されたとき黙っていたからといって、それを援用して、右の頬を敵に噛ませるべきだという道理は通用しない」とかれはいった。こういう酷薄（と一般にいわれている）なエゴイズムが、じつは「頬を敵に」という底ぬけに甘いヒウマニズムと、ある深奥の一点で触れあうのではないか。それが世界文学の自己顕現の場所ではないか。そうでなければ、ロマン・ロオランが「阿Q正伝」に感動する理由が私にはわからない。しかし魯迅は、晩年にコルウイッツの版画集の複刻を出したとき、その効用についてこうもいっている。「外国へいったことのないものは、往々にして、白人といえばすべてヤソの説教をしたり、商館を開いたり、衣食に善美を尽して、気にいらぬとすぐ皮靴で人を蹴散らすものと心得ている。この画集によって、実際は世界にはまだまだ多くの場所に『侮辱され虐げられた』人々のいること、かれらが私たちとおなじ友であること、しかもまた、その人々のために悲しみ、叫び、戦っている芸術家がいること、を知らせることができる。」つまりこれは、魯迅とロマン・ロオランの関係を、裏がえしにしたことになるだろう。すぐれた芸術家は、一枚の版画からでも、不完全な作品からでも、全人類的な意味を汲みとることができるらしい。「阿Q」は、今日では、一切の進歩の敵の象徴と見なされている。げんに毛沢東の整風運動は「めいめいが努力して自分のなかから阿Q的なものを追放すること」を目標にかかげている。人類の不平等が、そしてそれに伴う虚偽がつづくかぎり、人間の愚劣さが改まらぬかぎり、「阿Q」は生きつづけるだろう。「阿Q正伝」は世界文学のなかから消えないだろう。

（一九四八年七月）

中国文学の政治性

荒正人、平野謙の『近代文学』派と、中野重治のあいだに、三年ごしに論争がつづいている。私は読者として、この論争に関心をもっている。私は、準備ができたら、私なりに発言したいとも思っている。いまはまだ時期でない。私にそれだけの準備がない。ただ、与えられた問題を自分流に解きほごしていくのに、ここからはいるのが便利なので、その範囲で、この問題に触れてみたい。

問題は、一般的な形でいえば、政治と文学の在り方、ということになると思う。その焦点のひとつは、小林多喜二の評価にかかっている。荒＝平野によれば、小林多喜二（代表作として『党生活者』）は非人間的であり、前近代である。中野によれば、そういう批評の仕方が非人間的である。私は、論争のかぎりでは、中野の方が正しいと思う。中野の文章は美しく、感動的である。かれがどんなに小林を尊敬しているか、小林の批評され方のゆがみ（それは文学の進み方のゆがみにつながってくる）に我慢ならないか、ということが、中野が小林を目標にし、しかもその目標にしている小林にある負い目を感じているらしい中野自身のニュアンスをもった意識内容とまざりあって、よく伝わってくる。かれが、なみなみでない決意をもっていることが、よくわかる。かれは論争を大切にし、創造的なものにしようとしているらしい。中野の論争の態度は立派である。私から見れば、かれの勝利は完全である。かれは論争の相手をひきはなしている。そのことは、たしかにそうである。しかしそのことが同時に私には不満だ。中野の勝利が完全であればあるほど、その不満は募ってくる。

荒＝平野は、たぶん、問題の提出の仕方をまちがっていたろう。そのまちがいは、中野によって論破されていると私は思う。しかし論破されたのは、提出の仕方のまちがいであって、提出そのものの問題性は残る。たといまちがいでも、そのような提出があったという事実の根拠は、否定されないその根拠を探る方向に論争を深め、論争そのものを社会化していくという積極面は、相手をやっつける論争のきびしさのなかに埋められている。中野は、論争の作品的完成をあせっているように見える。つまり、かれは論争においてさえ詩人的である。一種の政治性に欠けたところがある。だから、この論争は、私たちの生き方の根本にかかわる問題を含んでいながら、結果としては、そのような一般的な形に発展せずに、文壇内部の問題として、外からは党派的な対立に見られ、当事者に引きいれるべき大衆を傍観者に立たせることにおわっている。

論争の作品的完成をめざすということは、詩人としてはケッペキな態度であるし、中野文学のよさも、そこにかかっていよう。しかし、同時に、その狭さ、その閉鎖性が、中野文学をある日本的な限界に止めていることも指摘されるだろう。そこには、文壇的なギルド意識さえ、あるかもしれない。論争に大衆動員のできない組織力の弱さ。その弱さが、一方の極に参議院議員を支えとして要求するのだろう。論争が政治的な、開放された場で行われないために、政治が対象化されて問題になるのだろう。そしてこのことは、中国文学を研究している私から見れば、日本的なゆがみをあらわしている。

なぜならば、中国文学では、政治が対象化されて問題になるということは、少くともこのような形で問題になるということは、普通は考えられないことである。中国文学は、文学の存在の仕方が本来に政治的であり、つまり文学が政治に密着しているという開放された状態にあるからである。

小林多喜二が非人間的であり、前近代であるという荒＝平野の説は、私は、まちがっていると思う。しかし、そのまちがいは、そのような割り切り方がまちがいなので、小林の再評価を要求する動機は、まちがっていないと思う。それは平均人の感覚から出発している。小林の評価の仕方にたいして、素朴な疑いは、私にもあるし、他の人にもあるだろう。その疑いは、小林の歩いた道があまりにもけわしいことからくる距離感に由来している。誰でも小林のように歩けるだろうか。歩かねばならぬだろうか。プロレタリア文学の伝統は、規範としての小林を絶対にして、そのことで大衆と小林を引きはなしていないか。そうとすれば、そのような小林のあつかい方は、たしかに非人間的であり、そこに前近代を発見した荒＝平野は、洞察力の鋭さを誇っていいことになる。

小林多喜二は、あるぎりぎりの極限を生きた人だと思う。かぎりなく正しく、かぎなく美しい。私は、小林を民族の誇りだと思っている。日本のプロレタリア文学の全歴史がまちがっていたとしても（これは私の仮説だ）、小林をうみだしたことで、そのまちがいが救われているとさえ思う。小林は人間業を絶している。不可能を可能にした。政治と文学のハサミ状の開きを、私ならとっくに手をはなすところを、最後まで手をはなさずに歩いた。小林の生涯は感動的である。かれにとって、その道は唯一の道だったろう。そのことで、その唯一の道をかれに強いたものは、まちがっていたのではないか。小林は、そのまちがいを実証するために、選んでその道を歩いたのではないか。小林は、稀有な例である。非人間的ではないが、超人間的である。小林に見ならえ、と日本のプロレタリア文学は叫んだが、小林の歩いたけわしい道をならして、誰でも歩けるようにしてやることは、しなかった。そのことで、日本のプロレタリア文学は、小林にたいしても、まちがっていたのではないか。そこにある種の政治感覚が欠けているように私には思われる。

文学は、人を生かすものであって、人を殺すものであってはならない。ギセイは避けがたいが、最小限にとどめねばならない。「血は必要だが、浪費してはならぬ」と魯迅はいっている。これは知慧にみちた言葉だと私は思う。小林は、小林の歩いた道がけわしいことを教えている。その教えを汲まなければ、血はムダに流されたことになる。戦車に竹槍で向ってもダメだ。それを身をもって実験したのが小林だ。実験は貴重だが、貴重であればあるほど、感傷におぼれないで、実験の結果を生かすのが、あとに残るものの責任だ。その責任の自覚を支えるのは良識であり、ひろい意味の政治感覚である。

日本のプロレタリア文学は、感傷的でないまでも、この種の政治感覚に欠けていた、と私は思う。小林にできることが、ほかのものにできないわけはない、それは努力がたりないからだ、と人々は思いこんだ。思いこませられた。戦車に竹槍で向わないと、卑怯だといわれないか、をおそれ、しかしそれは実際はできないことなので、そのためにうしろめたさを感じ、そのギャップにはまりこんだ自意識から、まっしぐらに島木健作までダラクしてしまった。できないことを、できないといえばよかったのに、それをいうことを妨げるものがあった。この面は、たしかに非人間的である。そして日本的である。それは葉隠精神、特攻精神に通ずるものであり、その意味では前近代である。

中国の近代文学にも、小林のようなギセイはあった。しかし、そのギセイは、社会的連帯感で支えられていて、小林のように孤立していなかった。だから、ギセイが出るたびに、そのギセイの負った重荷が、民衆の一人一人がにないうる量に細分されて、責任の自覚をその一人一人にうえつけた。その総量が、八年の抗日独立戦争を支えたのである。日本では、ギセイの重荷を細分する地盤がなく、地盤を作ろうともしなかった。これは戦術の問題ではなく、文化の構造の問題である。これを戦術の問題と思うならば、そのことが政治感覚の欠けている証拠だ。中国のプロレタリア文学は、人民戦線のイデオロギイ的な母胎になった。ところが日本では、人民戦線ができなかった。小林—中野—島木という流れは、プロレタリア文学の日本的なゆがみをあらわしていると私は思う。類比的にいうなら、中国のプロレタリア文学は、逆に島木—中野—小林の方向を取ったと見てもいい。このちがいは、構造的なちがいのあらわれだろう。

日本では、政治と文学という問題の立て方が、平林初之輔以来の、歴史的な課題になっている。おそらく世界中に、こんな形で問題を出してくる文学は、ほかにないだろう。そこでは、政治が目的化されている。これは後進国の型なので、中国でも、民国以前にはそのような時期があったが、文学革命以後、そのようなものはなくなった。日本では、明治の政治文学の尾が、まだくっついている。近代文学にとっては、政治は、文学がそこから自分を引き出してくる場だ。文学が社会的に開放された形であれば、場の問題が価値の問題と混同されて文学の内部にもちこまれるはずがない。文学者が文学の問題について発言することが同時に政治的な発言でありうる。ジイドでも、ヴィルドラックでも、文学者としてソヴィエトへ旅行している。ところが、戦争中に中国へ旅行した日本の文学者のほとんどすべては、海を渡るときに、文学者の目を捨てている。そして「支那学者」や「支那浪人」の目を借りている。これは、かれらの文学精神の衰弱ぶりを示すものだが、同時にそのことが、文学の機能的な面から見れば、日本文学の前近代的な閉鎖性をあらわしている。そしてそれは、日本文化の構造全体につながるものである。

茅盾は、戦後に、中国文学の方向について、戦後も戦争中と変りないこと、つまり対内的には民主の徹底、対外的には一切の帝国主義からの独立に根本の目標があり、その線の上で個々の文学の問題が論じられなければならない、と書いている。これは、日本の文学者から見れば、政治的な発言と思われるかもしれない。事実また、日本でおなじようなことをいったら、そうなるにきまっている。しかし中国では、そうでない。茅盾の見方に反対するものでも、それが文学的発言であることを疑うものはない。そこに政治感覚のちがいがある。なぜそうなるかというと、文学がギルドから解放されているからだ。ギルド内で生産され消費されるのでなくて、市場は非常にせまいが、ともかく開放的な単一社会で生産され消費されるからである。いわば文学の存在の仕方が、実体的でなくて機能的だからだ。したがって、文学者は、職人としてでなく、自由な平均人の感覚でものを考えているからだ。これは、茅盾でなくて、毛沢東の場合にしても、おなじである。毛沢東の文学論が、日本で理解されにくいのは、やはり文化の構造のちがいからくる政治感覚のちがいに由来するのだろう。

中国の文学者にくらべると、日本の文学者は、おどろくほど政治に敏感だ。同時に、おどろくほど政治に鈍感だ。それはつまり、かれらが近代市民でないからだろう。そしてそれは、社会構造につながっている。だから、文学についていえることは、だいたい文化全般についてもいえる。たとえば、中野の論争態度の私小説性は、学問の分野でも、資本主義論争などとよく似ている。個々にそれだけを孤立したものとして眺めると、価値の高いものを含んでいながら、それが一般社会へ滲透していかない。つまり政治性がない。したがって、民衆とつながらない。魯迅の論争などとくらべてみると、そのちがいがよくわかる。魯迅にかぎらず、中国では、特殊な問題についての論争でも、それが一般化され、社会化されていく傾向がある。日本にくらべるとレベルは低いが、ひろがりが広いから、発展的である。これは社会構造のちがいによるだろう。つまり、中国の社会は、日本にくらべると、本質的に近代的である。量的には日本の方が近代の要素が多いかもしれないが、質的に、構造的には、中国の方が近代型である。

こういうと、それは中国のごく一部で、大部分は近代以前だという反対意見が出るかもしれない。社会を、静態的にとらえて、階級構成を量的に問題にすれば、たしかにそうなる。これは学者たちの見方だ。しかし問題は方向である。中国の政治運動で、学生が主動力を握っていることは誰でも知っているが、この学生は、ごく少数だ。その少数が、なぜ大多数を動かすかというと、かれらは民衆的な基盤に立っているからである。中国の学生は、日本のように特殊の閉鎖的な社会層を構成していない。学生という身分によってでなく、学生という職能によって、一種の代議制のような役割を果している。かれらは、学生という身分から自分を解放している。もちろん、学生は学生としての政治的欲求をもつ。しかしそれは、単一社会の構成員としての責任の自覚に支えられている。だから、学生の意志が直接に民衆の意志につながっている。学生についていえることは、だいたい知識人一般についてもいえる。こういう社会構造（意識におけるそれを含めて）は、形式はヨオロッパ的でないかもしれないが、ともかく日本などにくらべると、はるかに近代的である。形式には前近代的なものが多く残っており（この点は日本よりひどい）、したがって形式だけを見ると、学生運動はたんなる学生運動であって、生活権の主張という民衆の基本的要求とは無関係に見えるかもしれないが、じっさいはそうでない。げんに抗日戦争がそれを証明した。そしてこの戦争で、日本の軍閥だけでなく、日本の知識人もまた、このような中国の国民感情の所在を見あやまったのである。それは逆にかれら自身の後退性の反映でもあった。

「民主と独立」という茅盾の主張は、かれの文学的発言であるとともに、このような国民的意志を高度に集中的に表現した言葉だと思う。そのような表現が可能であるのは、社会構造の近代性、したがってまた文学の国民文学性（規模はまだ小さいが、これは時間の問題だ）による。それは中国人の総意をあらわしている。そしてそれだから文学的である。このことは、民衆の一人一人が「民主と独立」という合言葉を叫んでいる、という意味ではない。逆である。民衆の要求は日常生活に即した個別的なものである。かれらは「民主」という言葉さえ知らないだろう。しかし、その日常的な要求が、つみかさねられていって政治的要求に組織されるときに、それに文学的表現を与えるのは文学者の責任であり、その責任が文学者に自覚されているのである。だからこの言葉は、下から出てきた言葉であり、肉体をもった、それだけに力強い言葉である。外からの強制に従った言葉でなくて、自主的な言葉である。権力によって取り消すことのできぬ言葉である。つまり、文学的な言葉である。そして、言葉の方からいえば、このような言葉が可能になるのは、言葉が呪術的使用から解放されているからだ。（これを解放したのは文学革命である。だから文学革命は日本の言文一致とは本質的にちがう。）

中国文学では、言葉が、実体的でなく機能的に存在している。特殊の文壇用語というものがない。「民主と独立」という表現が文学的であるのは、そのためだ。そしてその点が、表現は似ているが「民主民族戦線」という日本共産党のスローガンとは、本質的にちがっている。なぜならば、「民主民族戦線」は、そのままでは文学の内部へ持ちこまれないし、民衆は、それを自分たちの日常生活の要求とは離れた「高尚」なものと考えていて、その言葉を口にするものでも、それを呪術的に使っているにすぎないからだ。

日本の知識人の感覚からすると、中国は、国民党と共産党に二分されていて、中国人はそのどちらかに属しているように考えられがちだが、これも政治感覚の欠如からくる誤解だ。つまり、かれらは、唯物論と観念論、共産主義と自由主義、というような形でしかものを考えられないから、その自己分裂を相手に投射して、中国を分裂の契機においてのみ見たがるのである。じっさいの中国人の政治意識は、そんな図式的なものでない。かれらは、もっと現実の日常生活に即した政治的要求を抱いている。中国社会の階級構成は複雑であるから、その要求もさまざまである。しかし、全体としての統一はあるので、それをよくあらわしているのが文学だ。このことは、日本の民衆についても、おなじようにいえるはずだが、日本には国民文学がないから、文学の上の比較はできない。しかしともかく、民衆のあいだにはそうちがいはないはずだ。よく学者たちが、中国の民族性について、現世的だとか、実利的だとか、いろいろの説を立てているが、無意味なものが多い。民族性というものを都合よく抽象して、自分に都合のよい価値尺度で量っているだけだ。スノウは、中共地区の旅行記のなかで、かれにとって思いがけない（つまり学者たちの書物から教えられなかった）新しい人間の型を発見した驚きについて書いている。それは、自尊心をもった少年たちである。スノウは、学者でないから、それが発見できたのである。日本の「支那学者」なら、経書の権威を信じない少年たちを、あわれな動物に思うかもしれない。

現実を承認しない学者ならいざしらず、普通の人民の心をもっているものなら、中国の民衆の心は理解できるはずである。なぜなら、中国はけっして分裂していず、かれらは心の表現としての国民文学をもっているから。もっとも、中国が今日のように近代化される以前には、やはり今日の日本と同じような状態があった。私は、今日の世相を見て、日清戦争のころの中国とよく似ているのに驚くことがある。そのころは中国でも、官僚が人民を支配していて、学問と文学とは官僚に独占され、人民は表現の手段をもたなかった。今日の日本の官僚制度は、その中国を手本にしているらしい。学者や文学者が官僚に飼われているのも、おなじだ。中国では、このような階層的な機構をこわす運動がおこり、成功した。その運動がどのように行われたかという近代化の歴史については、べつに詳しくしらべてみなければならない。ただ、一言だけ触れておきたいことは、歴史研究にあたって、物質的基礎からばかり眺めるのは不十分なので、意識の主体的な運動も大きな要素だということである。中国文学についていえば、文学者が自分で特権を否定していくという、一種のナロオドニキに似た運動があって、それが国民文学の発生のために、地盤を掃除した。その代表的人物が魯迅である。日本ではこの掃除が不十分であったために、近代文学が成功しなかった。そのために、プロレタリア文学もゆがんでしまった。今日、国民文学の基盤がまだできていないのは、論争の中国型と日本型を比較しただけでも明らかだ。

将来の文化を、プロレタリアが担うであろうということは、ほとんど疑えない。しかしその将来の文化が、掃除が不十分なばかりに、かつてのプロレタリア文学のようにゆがんでしまうと考えることは、考えるだけでも悲惨である。それを避けるためには、中国文学の場合のように、インテリゲンツィアの自己否定の方向での主体性を認め、それを政治的に組織することが必要だと思う。蔵原惟人のように、インテリゲンツィアのプロレタリアート化という、物質的条件だけから見るのは、決定論的になって、不十分だと思う。「私は古い人間だから、古いものの悪いところをよく知っている」と魯迅はいった。新しいもののために、古いものにできることは、古いものをほろぼすことである。それは同時に、中国人の心を理解するための地盤を準備することにもなる。

（一九四八年七月）

魯迅と二葉亭

編集者は「魯迅と二葉亭」という題を私に出した。このテエマは、かねて私が心にかけているひとつである。魯迅は、日本へ紹介されはじめた最初のころから、よく二葉亭との類似で、その線から問題にされた（佐藤春夫など）。それはそれでいいのだが、この類似に、私はだんだん疑問をもつようになった。

一応の類比は認めるにしても、それをつっこんでいくと、類比だけで割り切れぬものが出てくる。魯迅と二葉亭はよく似ているが、似ているなかに、決定的に似ていないところがある。それは、似た部分と似ない部分があるということでなしに、外形的に似ている面が、じつは本質的に似ていない、ということである。そこに大きな問題があるような気がして、私は、自分なりにこの問題を考えようと思った。そしていまでも思っているが、私の勉強が足りないために、まだはっきりした考が出てこない。魯迅の研究は、今後、ますます盛になるだろうから、若い研究者で、この側面に光を投げる人があらわれるかもしれない。あらわれることを私は期待する。その期待のために、私の感じている問題の所在について、若干のことをメモにしておく。

魯迅と二葉亭の類比は、近代文学の開拓者としての文学史的位置についていえば、自明である。そのような位置から生ずる孤独や、乖離の心理にも、共通なものがある。一歩すすめて、それとからみあっている気質にも、かなりよく似たところがある。おそらく魯迅と二葉亭が似ていると感ずる直観には、相当深い根拠があると見ていいだろう。この面から拾っていけば、似た点はいくらでもある。しかし、その似た点が、すこしよく考えてみると、どんなに似ていないかがわかる。そのいい例は、ロシア文学の受けいれ方にあらわれているちがいだ。

二葉亭は、ロシア文学の翻訳を通じて文学的に自己を形成していった。魯迅もスラヴ系統の文学から多くのものを受けている。魯迅が日本へ留学したのは、明治三十年代だから、まだ二葉亭の流れが消えぬころであり、かれが直接に二葉亭的なものから影響されたと考えることは、不当ではない。そして、魯迅の翻訳（『域外小説集』）にも、二葉亭と共通なものがかなりある。それにもかかわらず、ただ一点だけ、共通しないものがある。それは、魯迅がツルゲネフに親しめなかったということである。

私の感じでは、十九世紀のロシア文学には、二つの面がある。ヨオロッパに抵抗した面と、ヨオロッパを受けいれた面とである。ロシアの資本主義が、頑強な、野蛮な抵抗を条件にしているように、ロシア文学は、抵抗を媒介せずには自己を近代化しえなかった。作家たちは、スラヴ主義と近代主義の両極のあいだを揺れている。振幅の大小や、そのニュアンスはさまざまだが、また、抵抗と受けいれとは、本来が別のものではないのだが、契機としては別のものであり、たとえば、ツルゲネフとガルシンでは、ほとんど対蹠的だ。そして魯迅は、ガルシンの方を選んだ。もちろん、かれはアンドレエフも訳しているが、この場合は、アンドレエフに含まれている近代主義的なものでなく、スラヴ的なものからそれを把えているわけだ。このことは、魯迅の重要な特色であると思う。重要というのは、それが中国文学の方向を相互媒介的に規定しているからである。

二葉亭は、ツルゲネフとガルシンの両方を訳した。かれには、魯迅のような選択の意識はなかったように思われる。かれ自身が両極のあいだの彷徨者であり、その意味で日本文学史上に特異の場所を占める二葉亭は、日本的な形でロシア文学を忠実に再生産した。二葉亭の文学者としての苦しみは、このことと深く関連しているように思う。しかし、二葉亭から日本文学が汲み出したものは、二葉亭で混沌のままにあったものの一面——ツルゲネフの面であった。そしてそれは、鷗外や上田敏へ流れて、固定したものになった。これは、日清戦争から日露戦争へかけて、日本の資本主義の方向が決定され、それに伴って日本の社会構造の近代化の方向が決定されていった基底とつながっているだろう。

魯迅にも、二葉亭に見られるような矛盾が、なかったわけではない。たとえば、留学の初期に、ベルヌの科学小説を訳していることなどは、そのあらわれだ。しかし、かれの文学的自覚が深まるにつれて、かれは二葉亭から純粋なものを抽出した。そしてそれは、日本文学が二葉亭から抽出したものと別のものであった。おそらくこれも、社会構造の基底につながる現象だろう。

二葉亭の矛盾は、別の形で、透谷にもあった。そして、日本の近代文学がそこから抽出したものは、やはりそれの一面である浪曼的傾向——無制約な個人主義であった。

日本の近代文学と中国の近代文学とは、割り切っていえば、出発点で方向が逆だった。日本文学は、二葉亭や透谷の伝統を、そのままの形では発展させなかった。それは、個々の作家のうちに、断続しながら、隠顕してはいるけれども、主流にはならなかった。中国文学は、魯迅や王国維の伝統を、そのまま受けついでいる。そして、この根本的な性格のちがいが、たとえば、おなじ時期におなじように外から受けいれたプロレタリア文学の運動の発展上におけるちがいと、深く関連しているように思う。中国は、革命文学の浪曼的傾向を否定することによって、全体としての文学をレアリズムの方向へ導いた。日本では、浪曼的傾向を肯定することによって、プロレタリア文学の内部に腐敗の種をまき、全体としての文学をダラクさせた。

このことは、日本文学からの魯迅の解釈の問題と結びついている。いままでの魯迅解釈は、ほとんどすべて、日本文学の型なりに歪められている。保守派は保守派なりに、進歩派は進歩派なりに、魯迅を歪めている。私は、はっきりいえば、プロレタリア文学を含めての日本の近代文学の伝統を否定することなしには、魯迅の理解はできないと思う。もし先入主から魯迅を量るなら別だが、そうでなくて、魯迅そのものから出発するなら、そのような対決を私たちに迫るだけの激しいものをかれの文章自体が備えている。日本文学史を書きかえることなしに魯迅をよむことはできない。

（一九四八年九月）

ノラと中国――魯迅の婦人解放論

一

「私が、今日、お話したいと思いますのは、『ノラは家出してからどうなったか』ということであります。」

一九二三年十二月二十六日、魯迅は、北京の女高師の文芸会で、こういう前置きの講演を行った。一九二三年といえば、日本では、関東大震災があった年、そして労働運動がようやく盛んになりかけたころである。中国では、近代史のエポックとなった「五四運動」から四年後、まだ孫文が生きていて、第一次の国共合作が準備されていた時代である。文学史的に見れば、文学の国民的解放を導き出した「文学革命」から数年しかたっていない啓蒙期であって、革命文学がはやる以前である。魯迅は、この年、四十三歳だった。かれは三十八歳で処女作「狂人日記」を書いたのだから、それから六年目、まだ創作集を一冊出したきりだが、すでに、中国で最初に形成された文壇の中心的地位に立っていた。

また、学者としても、その着実な学風を高く買われていた。しかし、魯迅に特有の捨身の批判精神は、後年のように全的には発揮されない時期であった。

「ノラ」は、いうまでもなく、イプセンの戯曲「人形の家」の主人公である。イプセンという人は、日本でもそうだが、中国では日本以上に、啓蒙期に大きな影響を与えた。文学革命の中心勢力であった雑誌『新青年』は、一九一八年に早くもイプセン特集号を出している。一般に中国文学は、出発の当初から、人道主義的な色彩を、一貫して強く保ってきたのであるが、それは外国文学の受け入れ方にも、はっきりあらわれていて、日本のように無選択ではなかった。ラテン系統の、円満な、完成された文学が喜ばれないで、東欧や北欧の、反抗的な文学が歓迎される傾向があった。たとえば、文学研究会の機関誌であった『小説月報』が、一九二一年から数年間に出した特集号を見ても、被圧迫民族文学、タゴオル、バイロン、反戦文学、アンデルセン、ロマン・ロオラン、という風に、たえず世界文学の主流を追いかけている日本文学の目から見ると、ちょっと異様なほど、民族的にも個性的である。イプセンの紹介は、むろん、この線に沿ったものであって、したがって、その影響も、日本が受けた影響とは、かなりニュアンスがちがっていた。一言で割り切ってしまえば、日本は、個性の伸長という面でそれを受け、中国は、弱者の反抗への共感という面でそれを受けた、といえるだろう。

イプセンの影響は、文学的であるとともに思想的であって、どちらかといえば、思想的影響の方が強かった。ことに、婦人解放の問題に関心がもたれていた啓蒙期に「人形の家」が紹介されたことは、大きな意味があった。この事情は、むろん、日本も同様だが、日本では、問題劇という形で新劇運動に影響を及ぼし、それが刺激になって、間接に社会問題としての関心へつながったが、中国では、最初から、直接に思想問題として取りあげられ、そのために、いきなり社会的実践の課題と結びつく傾向があった。自由を求めて家出したノラは、日本でも中国でも、解放された婦人を象徴する、新しい女のタイプとされたが、それが日本では、国民的基盤から浮きあがった、せまいインテリ層のなかでの、流行にとどまって、大衆の目には、逆にその反社会性の面だけが強く映った。ノラというコトバは、わがままな有閑夫人を意味するように理解された。中国も、むろん、日本とおなじようにおくれた社会であるから、ノラの行動の反社会性が、正しく理解されるはずはない。しかし、中国の場合は、一部のインテリの尖端的流行であるとか、観念の遊戯であるという風に、嘲笑をもって迎えられはしなかった。中国でも、新しい女は、大衆から白眼視されたことは事実であるが、日本のように、孤立してはいなかった。大衆から理解されないばかりでなく、むしろ迫害されていたものの、嘲笑だけはされなかった。そこに、日本との大きなちがいがある。つまり、中国の場合は、運動が流行におわらずに、国民的基盤へ滲透していく可能性があったわけだ。

これは、婦人解放の運動にかぎらず、学生運動にしても、文学の運動にしても、すべてそうであって、一般に中国文化の特徴であるといえるように思う。おなじ東洋の後進国である日本と中国に、近代化の過程において、そのような根本的に相いれない型のちがいがあることは、注目しなければならない。むろん、個々の現象に、それがはっきり出ているというわけではない。全体の流れとしてそうなので、また、そのような観点から見ることによって、個々の現象も、よりよく説明がつく、といった性質のものである。ノラについていえば、中国でも、ノラのような行動を実践する「新しい女」は、その当座はやはり孤立していた。しかし、いつかそれが全体の婦人運動のなかに溶けこみ、実際生活の面で影響を与え、逆に生活感覚によって偏向を是正され、全体の運動を向上させるための捨石として評価されて、その成果が取りいれられる、という風に血肉化されていった。日本よりも動きはおそいが、着実であって、一歩一歩、進んでいく。それが、今日の中国における婦人の地位に、はっきりあらわれている。そこでは、ほとんど日本では信ぜられないほどの、形式だけでなく実質的な、平等が実現されている。なぜ、日本と中国のあいだに、このようなちがいがあるかという、根本の問題については、あとで触れることにする。ここでは、その手がかりとして、ノラの問題だけを考えたい。ノラを、中国がどのように受けいれたか、を見ることによって、中国の近代化の一般的性質が、ある程度、わかるだろうと思う。

そのためには、魯迅のこの講演が、非常に役に立つ。この講演は、内容が充実していて、北京時代の魯迅の思想を見るのに大切なものだが、それればかりでなく、かれの婦人問題への理解を通じて、中国の近代の受けいれ方、ひいては中国文化の性質について、教えられるところが多いものである。おそらく、二十五年後の今日、日本の婦人問題を考える上にも、参考になるだろうと思う。魯迅の、天才的洞察力と、現実把握の深さには、驚くほかはない。ここには、ごく概略を紹介するだけなので、読者は、直接原文について、その息吹きを味わって頂きたい。

二

ノラは、なぜ家出したか。ノラは、はじめは、豊かな家庭のなかで、不自由ない暮らしをして、自分を幸福であると思っていた。やがて、覚醒がくる。自分は、夫の人形として愛されているのであって、独立した人格を認められているのではない。自分の幸福は、ほんとうの幸福ではない。そのような自分の気持を、夫は理解してくれない。もしノラが、イプセンの別の戯曲「海の夫人」のように、自由を与えられていたら、家出しないですんだかもしれないが、ノラの場合は、そうではなかった。家出するより仕方なかったのである。

家出したノラは、どうなったか。イプセンの戯曲は、この問には、答えていない。また、答える責任もない。なぜなら、かれは詩人として、詩を作っているのであって、社会問題を研究しているわけではないから。ただ、作者と関係なしに、他人がその問題について考えることは勝手である。おそらく、ノラの行く道は、二つしかないだろう。一つは、また元の家庭に戻ることであり、一つは、ダラクすることである。なぜなら、ノラには、独立して生活するだけの経済力がないのだから。

「人生でいちばん苦痛なことは、夢から醒めて、行くべき道がないことであります」と魯迅は述べている。かれは、ノラの運命を、そのような苦痛におかれたものと見た。ノラの前には、苦難の道があるだけだ。ノラは、その道を、みずから選んだ。もしノラが、特別な人間であって、自分でギセイになることを好むならば、それでいい。「私たちは、人にギセイをすすめる権利はありません。そうかといって、人がギセイになるのを妨げる権利を持っておりません」から。しかし、普通の心情をそなえた一般人には、ノラの選んだ道は、妥当しない。「もし行くべき道が見つからなかったならば、その人を呼び醒まさないでやることが大切です。」ノラの覚醒は、ノラの不幸である。人に苦痛を与える結果に責任をもたないで、人を呼び醒ましてはならない。これは魯迅の人生哲学だ。

指導者と呼ばれる人間がある。婦人よ、覚醒せよ、と叫ぶ。そして、覚醒された結果については、責任を負わない。相手の立場に自分をおいて考えないで、実行できようとできまいと、そんなことはかまわずに、自分だけが高所にいて、権威のコトバを語るのが、指導者だ。魯迅は、そのような指導者を、徹底して憎んだ人である。ノラを、婦人解放運動の先駆者の典型に仕立てたり、時と所とを選ばずに、その特別な方法を万人に適用するようなことは、魯迅は自分に許せない。

また、こうもいえる。ノラの行動は、今日では、新鮮味があって、世間の注目をひくから、家出したノラは、人々の同情によって、案外楽に生きられるかもしれない。もっとも、同情にすがって生きるのは、すでにそれだけで不自由ではあるにしても。だが、もし一千人、一万人が、ノラのマネをして家出をしたら、どうなるか。たちまち同情を失って、鼻つまみにされてしまうではないか。してみれば、それはやはり堅実な道とはいえない。たとい、少数のノラが、ダラクせずに生きられたとしても、それによって全体が救われることにはならない。

覚醒したノラは、再び夢のなかへ戻ることはできない。ノラは苦難の道を進まなければならない。籠から放たれた鳥は、野性の生活力をもたない。ノラに必要なものは、金銭である。経済的保証である。「自由は、金で買えるものでありません。しかし、金のために売ることはできるのです。」もしノラが、男女平等の経済権を保証されていない社会に生きているとしたら、たとい家出したところで、真に自由になることはできない。今日では、むろん、人権の基本が生活権にあることは自明だが、ようやく教育上の形式的な男女平等が実現しかかったばかりの当時の中国において、この点を突いた魯迅は、慧眼である。しかもそれは、外から与えられた知識によるものではなく、毛沢東の指摘した魯迅の特質――徹底した現実主義の態度にもとづく観察の結果であった。

では、家出したノラがダラクしないためには、どうすればいいか。それには、自由を金で売らなくてすむ社会を実現しなければならない。つまり、経済上の、実質的な、男女平等権の獲得が必要だ。この経済権の平等には、魯迅によれば、家族間の分配の平等と、社会上の機会均等の二種類があるが、しかし、それをどうやったら獲得できるか、という点については、魯迅は率直に「残念ながら、私にはわかりません」と述べている。具体的な方法については、魯迅は、何もいわない。しかし、ともかく「やはり戦わなければならない、ということだけ」は、わかっている。しかもそれは、「参政権を要求するより、もっと激しい戦いが必要なのではないか、という気がいたします」。なぜなら、「世の中のことは、とかく小さなことの方が、大きなことより面倒なものであります」から。

その例として、魯迅は、こういっている。いま、この寒い日に、凍えかかっている貧乏人が一人いるとする。その人間を救うためには、自分の着物を脱がなければならない。着物を脱げば、自分が凍える。それは苦痛だ。もし、自分の着物を脱いでその一人を救うか、それとも、菩提樹の下に坐って一切の人類を救済する方法を冥想するか、どちらかの道を選べといわれたら、自分は、ためらうことなく、後の道を選ぶだろう。百万人を救済する大事業よりは、自分の利害にかかわる目前の一人を救う方が、実行が困難なのである。それとおなじことで、百万人の救済のために高尚な参政権を獲得するよりも、たとえば家庭内で男女平等の分配を獲得する方が、はるかに困難であり、それだけ、激しい戦いを覚悟しなければならない。

この魯迅のコトバには、深い真理がある。一人の隣人を救えないで、百万人の救済を考えている空想家が、私たちの周囲に、どんなに多いことか。日常のこまごましたことから、一つ一つ、不合理を取り除いていく地味な仕事が、世界政府や永久平和を論じるより、どんなに困難で、しかも見捨てられていることか。戦後、私たちに与えられた法律上の男女平等が、どんなに形式的であって、私たちの日常生活のモラルの隅々に、ちっとも滲みこんでいないことか。ほんとうに大切なのは、そうした小さな仕事を、自分のできる範囲内で、地道に、辛抱づよく、実行することである。もし、この基礎工事がしっかりしていないと、どんな見かけのリッパな文化でも、根もとから崩れてしまう。

婦人問題にたいする魯迅の意見は、私たちにとって、けっして耳新しいものでも、理論的に高いものでもない。社会科学的な知識としてなら、今日の日本の女学生の方が、もっと多くのことを知っている。それにもかかわらず、体系的にまとまりのない魯迅の意見が、今日の私たちの胸を打つのは、なぜであろうか。むろん、魯迅自身も、現在の社会の複雑な機構に目をふさいでいるわけではないので、「少数の女が、経済権を獲得しただけで救われる、というだけのことでは絶対にない」ことは認めている。ただ、それを認めながらも、なおかつ、「人間は腹をへらせて理想世界の来るのをじっと待っていることはできないので、少くとも喘ぎだけは続けていなければならない」とするのが、魯迅の特色である。だから、かれのいうことは、高尚なリクツではなく、だれでもが、今すぐに実行できるし、また実行しなければならぬことばかりであり、かつ、それは、かれ自身が実行していることである。男女平等の経済権を獲得する手段について、かれが「私にはわかりません」というのは、かれが図式をあてはめることを拒否しているからである。それが激しい戦いを必要とすることを予想し、そのためには、「ねばり」の一手で押し切るべきことを強調しながらも、一方では、かれは極力、その戦いを避けるようにすすめている。「戦いは好ましいことではありませんし、私たちは、だれもみな戦士にならなければいけない、ということはありません。してみると、平和な方法も、大切なわけであります。」この、かれがすすめている平和手段に、魯迅の特色が、じつによく出ている。

それは、何かというと、将来、親権を利用して自分の子女を解放する、ということである。現在の中国では、親権は絶対であるから、財産を子女に均分して、それによって、平等の経済権を獲得するように仕向けてやることは、できるわけである。やがてそれは、大きな社会的平等の基礎になるだろう。「これは頗る遠い夢でありましょうが、黄金世界の夢よりは、はるかに近い」と魯迅は見ている。ただ、そのためには、記憶をよくして、現在の自分のおかれている苦境を忘れぬようにし、前人のあやまちを再び犯さぬことが大切である。姑にいじめられた嫁が、自分が姑になったとき、嫁をいじめるようでは、いつになっても改革は実現せず、人類は進歩しない。被圧迫者が、圧迫者を批判するのは、自分が圧迫者になるためではなくて、一切の圧迫を、自分をも含めて、除くためでなければならない。そしてそれは、万人に共通する普遍性をもった、唯一の実現可能の手段である。いかにも、魯迅のモラルは、今日の社会科学の常識からすれば、底ぬけに甘い、空想的なものかもしれない。しかし、よく考えてみれば、一切の科学の根底に、そのようなモラルが伏在しているのであって、それなくしては、人間の自主性は失われ、人間は機械化してしまうのではないだろうか。魯迅は、日本では、急進主義者と思われているが、じつは日本流の急進主義者でないことは、この主張を見ただけでもわかる。しかし私は、かれこそ真の急進主義者ではないかと思う。

三

封建制の下で絶対である親権を利用して封建制を打倒せよ、という魯迅の主張は、魯迅という存在の根本原理ともいえるものである。古いものを倒すために新しいものをもってするときは、新しいものが型どおりに古くなるだけであって、古いものが根底から倒れることにはならない。古いものが、古いもののなかから生れる力によって、みずからを倒すのでなければ、真の改革は実現されない。この原理が、いかにして、魯迅において自己形成されたか、という問題は魯迅論の課題になるので、私はここには触れない。

魯迅は、この講演の最後に、こういっている。

「残念ながら、中国は、変革がきわめて容易でない。机をひとつ動かすとか、ストオヴをひとつ取りかえるのですら、血を見なければおさまらない。しかも、血を見たところで、動かしたり取りかえたりすることが、必ずしもできるとはかぎりません。非常に大きな鞭が、背をひっぱたいてでもいないかぎり、中国は、自分で動こうとはしません。この鞭は、きっと、いつかは来ると私は思います。よい悪いは別問題ですが、きっと来ずにはいません。だが、どこから来るか、どのようにして来るかは、私にも、はっきりわかっているわけではありません。」

中国の伝統の圧迫が、どんなに大きかったか、そしてそれにたいして、魯迅がどんなに絶望的に抵抗していたか、がよくわかる。日本は、さいわいにして、そのように野蛮ではなかった。机を動かしたり、ストオヴを取りかえることさえ、中国の支配者は許さなかったが、日本の支配者は、それを許したばかりでなく、自分から進んで手を貸した。明治の政府がそうであったし、今日の統治者もそうである。しかし、この開明主義こそ、一方では、魯迅のような自律的な人間を生まなくさせ、中国のように改革を徹底化することを妨げてきたのである。そしてそれが、ベネディクトのいうような、日本文化の特異な型——外的権威主義を打ち出している。

日本の開明主義がもたらした改革の不徹底性、文化の混淆性は、日本人、ことにインテリ男女をおおっている教養主義に、よくあらわれている。かれらは、一応は何でも、知識として知っている。そして、それだけだ。かれらは、百万人の救済のために共産党に入党はするが、一人の隣人を救うために、自分の周囲から、日常生活の不合理を取り除いていく小さな仕事は顧みない。ジョン・デューイの見方によれば、日本の近代と中国の近代には、根本的な差がある。中国では、保守勢力が頑強であって、政治的解放の道がふさがれていたために、改革への民族的エネルギイが内攻し、そのため、心理の変革という根底に立つことができたが、日本は反対であって、改革が容易であったために、かえって皮相的になり、国民心理の底に古いものが温存された、という。中国の女は、ずっと以前に、すっかり断髪になった。日本の女は、いまでも正月に日本髪を結うことを喜ぶ。修養主義者たちは、それを日本文化の多様性とか、中庸性といって、外国人にほめられたのをタテにして、得意がるが、それは一方では改革の不徹底性をあらわしている。解放への一切の道がふさがれたとき、魯迅は、自力で死中に活を求めなければならなかった。それがどんなにヨソ目に貧しいものであろうとも。日本では、つねに他力の大道が開けていた。

魯迅が予感したような、「非常に大きな鞭」が背をひっぱたくことは、日本では、おそらくあるまい。しかし、そのために、たとえ鞭が加えられても、その鞭を感じる能力を私たちはすでに失っているのではあるまいか。

教養主義について

「今日は急いでいますから別のことを書きましょう。これは希望です。あるいは願望です。欲望といってもいいでしょう。それは、フランス文学の日本への入れ方を、このへんで引き上げる方法はないものだろうかという問題です。……

……フランス文学とさえいえば、何がなし一種の雰囲気がついて来て、フランス文学はいいがフランス文学、フランス文学という奴はごめんだという気が今までして来ました。そういう気のする方にも責任はあります。しかしフランス文学の日本への入れ方全体を、もうすこし、そのことで日本人の精神のやしないになるような仕方に移してほしい、そういう仕事をあなたにやって頂きたい、これが私の願いです。……日本の文学の世界でも、フランス文学に関して、……しゃれたという風なものでないところの、むくつけき、人生のなかからの、しかし知慧にかがやいたその姿が引きだされて来てほしいと思うのです。

……そうすれば、ヴァレリーとかアランとかいう言葉をきくとぞッとするというような馬鹿なことがなくなると思います。……」

これは中野重治と渡辺一夫の「往復書簡」（『展望』一九四九年三月号）の、それぞれ二信ずつ書いている中野の第二信の一部である。

まずこの辺から問題を出していきたい。

この「往復書簡」は、私には、おもしろかった。中野重治のすべての文章がそうであるように、もしくはそうあろうと努力するように、この手紙にも、中野文学の本質的なものは出ている。つまり作品的である。ここで、外国文学の輸入の仕方、とくにフランス文学のそれについて書いている部分は、ひとつの意見、提案として独立しているように見えるけれども、じつは根底に日本文化にたいする批判があって、その批判は中野重治の人間観、世界観、文学観と固く結びついており、したがって、もしその理解から出発しなければ提案の意味は逃されてしまう性質のものでないかと思う。

中野は、フランス文学の日本への入れ方が、改革されなければならぬということを提案している。何を改革するかといえば「フランス文学はいいがフランス文学、フランス文学という奴はごめんだという気」がおこるような現状、「ヴァレリーとかアランとかいう言葉をきくとゾッとするというような馬鹿なこと」が行われている現状である。そして「これがフランス文学の方で実現すれば、ドイツ文学、イギリス文学の紹介の仕方にも大きく影響を及ぼすでしょう。フランス文学の紹介の仕方とちがっていたようなロシア文学、ソヴェート文学の紹介の仕方にも影響を及ぼすでしょう。中国文学の紹介の仕方にも影響を及ぼすでしょう」とかれは見ている。つまり、問題は一般の外国文学の入れ方にかかわるのであって、フランス文学だけの問題ではない。中野が感じているような、外国文学の入れ方にあらわれているある種の本源的な悪傾向は、一般的なものであって、しかしとくにフランス文学にそれが強く出ており、したがってフランス文学を改革することによって、そういう一般的傾向が効果的に是正される、とかれは見ているようだ。

「フランス文学はいいがフランス文学、フランス文学という奴はごめんだ」という気持、「ヴァレリーとかアランとかいう言葉をきくとぞッとする」という気持、それは中野だけの気持ではなくて、私もそうだし、多くの人にとってそうだろうし、また渡辺一夫自身も「私もぞっとすることがある」と返事に書いている。むしろ、相手がそういう「ぞッとする」気持を感じうる渡辺だけに、その気持を感じて改革に乗り出しうべきフランス文学「内部」のほとんどただ一人の人であるほかならぬ渡辺であるだけに、中野は安心して、ことさらに、その問題を取りあげたともいえるだろう。

日本でフランス文学が、一般の外国文学研究のなかで、ある頂点に立っていること、好むと好まぬとにかかわらず、善悪二様の意味でもっとも進歩していること、外国文学の代表であることは、認めなければならない。フランス文学は日本文学に根を張っている。フランス文学、あるいはフランス文学研究、というものを除外しては今日の日本文学は成り立たない。それほどフランス文学は、日本文学に貢献している。フランス文学は多士済々であり、一頭地を抜いている。このことは、中野も認めていると私は思う。それを認めた上の提案であることは、たしかだ。なぜならもしそうでなければ「ヴァレリーとかアランとかいう言葉をきくとぞッとする」という反撥そのものが出てくるはずがないから。

それでは、このような反撥を中野に感じさせるものは何か、という問題になる。その正体がわからなければ、具体的な改革に乗り出すことはできない。ここで私は、中野と渡辺のあいだに、意見の食いちがいがあること、おなじ「ぞッとする」というコトバであらわされている意識内容が、ある根本の一点で触れあわぬことを感ずる。私は渡辺の返事が不満だ。そして、私の想像によれば、中野にもそれは不満だろうと思う。（もっとも、その不満があらかじめ計算されているということは考えられる。）非常に賢い、誠実な、アカデミックな学者としてほとんど極限に近い文学への理解を示し、この「往復書簡」の端緒になった中野を感動せしめた文章を書いている渡辺が、その極限においてなおかつ中野文学の理解へ踏み越せない宿命ともいうべき限界をもっていることを、私は感ずる。したがって、中野の提案は、中野の期待どおりには実行されまい、というのが私の判断だ。

こういうと、私は渡辺をけなしているように取れるかもしれないが、そうではない。私は中国文学研究者として、フランス文学研究者としての渡辺を尊敬し、ある意味で手本にしたいと思っている。少くともその誠実さと勤勉は学びたいと思っている。渡辺が中野に与えた返信は、相手の批判を肯定し、それを自分のコトバに翻訳し、これまでに達成された学界の成果の上に立っていかにしてその改革を将来のコオスに織り込んでいくかという具体的意見を述べたものであって、責任感と、良識と、実践的情熱にみちたリッパな答案であることを私は認めないわけにはいかない。その改革が一歩一歩実行されるであろうことを私は疑わない。ただ私は、そのようにして実行された改革が、究極において中野が「願望」した地点へ辿りつくかどうかを疑い、そのような疑いを本来に渡辺がもたぬこと、与えられた環境を自明の出発点にしていることに不満を感じ、かつ、ひそかに不可能を知りつつ「願望」を提出しているらしく思われる中野（かれは「わたし自身はペシミスティックな人間の一人です」と書いて、あとでそのコトバを撤回している）の意識内容へ、渡辺が切り込んでいかぬところに、両者の感応の不一致を認めるのである。

この私の感じを論証するためには、私は私の中野論を展開しなければならないが、それは別の機会にする。ここには象徴的な一つのことだけを書いておく。渡辺は返信のおわりに「大兄は批評家としても創作家としても既に一家をなされて居られるわけですが、御著書に見られる学識と、一貫して感ぜられる敏感な批評精神とは、大兄を一流の大学教授にするだけのものを持っていると思います」と書き、さらに「大兄がいつか講壇に立たれて、『東西文学論』や『日本文学論』を講ぜられる日がありましたら、私は、老大学生として聴講いたすつもりです」と書いているが、これはむかし「東京帝国大学生」という詩を書き、「博士どもの物知らず」（「昔の大学校」）「大学の教師などが……」（「芥川氏のことなぞ」）と書くことから文学的出発を行っている中野にたいして、侮辱でないまでも、すこしおかしくはないだろうか。むろん「少々変なことを書きます」と断っての上であり、かつ「大学教授とは、別に凄くえらい地位のものでもなく、別に大変下らぬ地位のものでもありません。ただ……」と注釈はしてあるが、それにしても、私はへんだと思う。この文句は、中野文学の批判として見れば痛烈無比であるが、おそらく渡辺の真意はそうであるまい。してみれば、これはあきらかに革命の提唱である中野の意見が、改革にずれて日常化されて渡辺に受け取られている経路を象徴的に示していることになろうと思う。渡辺のいう中野の「批評精神」とは、この程度の「敏感」なものでしかないわけだ。そして中野の側からいえば、そのようなズレを許すだけ、かれの反撥そのもの、批評精神そのものに、ある弱さ、「赤まゝの花を歌ふな」が抒情に流されて受け取られることが避けがたいとおなじ性質のある弱さがあるという証明になるのではなかろうか。

中野文学の根本精神は、一口にいえば、ブルジョア的（日本的）俗悪さとの戦いに貫かれていると私は思う。かれが芥川の影響を受け、それから抜け出ていった経路、かれの抱いている日本文学史書きかえの構想、近代主義への根強い反撥、それらが一貫した基調に立っていることは否定されない。「ぞッとする」という表現は、かれがブルジョア的俗悪さ（日本的教養主義）にたいして投げつける常套語だと見ていい。そして教養主義の本山のひとつがフランス文学ギルドであることはたしかだから、中野のフランス文学批判は、それをつきつめていくとギルドそのものの解体にまで至らなければおさまらぬはずだ。私の見るところでは、文学者としての中野は、改良主義を信じていない。それにもかかわらず、なぜかれは「願望」などを持ち出すのであろうか。もっとも、こういう乖離はいろいろ先例があるので、おそらく中野文学における根本矛盾のひとつであるかもしれない。私の中野論の結論からいえば、それは中野におけるブルジョア的なものへの抵抗の特殊な強さ（同時に弱さ）をあらわしている。そしてそれは「古い百姓のイデオロギイ」（「嘘とまことと半々に」）ということと関係するのでないかと私は想像する。

ギルドの職人が、いかに優秀であっても、むしろ優秀であればあるほど、ギルドそのものを破壊する方向へ自分の思考なり行動なりを持っていくはずがない。むろん、個人がギルドから抜け出ることはないわけではないが、それでは問題の解決にならない。ギルドの内部にいるかぎり、かれは自分に向けられたあらゆる批判さえもギルドの強化に役立てる方向において摂取するのが必要だろう。現在の場合でいえば、中野を感動させた文章を書いた渡辺が、その中野に大学教授をすすめるという形で糧として相手の批判を受け取っているわけだ。

日本的教養主義は、フランス文学をヒエラルキイの頂点とする日本文学の構造そのものに骨がらみになっているのであるから、その構造的なものを破壊する仕事をギルド内部の優秀分子に求めることは無理ではないだろうか。むろん、啓蒙家としての中野重治は、無理を承知でそれを求めるだろう。しかし、啓蒙は同時に構造的なものを強める働きに転化もする。げんに、ブルジョア的卑俗にたいする最強の戦闘者である中野その人の文学が、文壇内部で卑俗化されて受け取られ、反教養主義が反教養主義のままで教養主義化される傾向があるのは、たとえば「赤まゝの花」や「歌のわかれ」の先例があり、近くは鷗外論にもその兆候が見られるとおりだ。このことは中野において自覚されており、それが中野文学の悲劇性を導き出していると思われるが、ともかくその狭さ、魯迅などとくらべて見た場合の弱さは否定されない。これが福田恆存あたりにさえ乗ずる隙を与えるのかもしれない。

問題は結局、革命家に必要な高い組織力の欠乏、ということになるのではあるまいか。陣営を二つに分けて算術の計算をやるのでは、革命家とはいえない。革命家は無から有をうむものであり、敵の力を逆用するものである。相対的な善の立場を信ぜず、自分の悪で対象の悪をほろぼそうとした魯迅は、革命家として偉大であった。私は、中野重治が、日本共産党や新日本文学会の一部に見られるような低級な革命家であるとは思われない。しかし、その中野すら、ブルジョア的卑俗さを嫌悪するだけでその嫌悪する自己を組織化せず、一種の文壇的孤高意識に立ち、したがってその批判が構造内部での批判に止っているところに、ある日本的な狭さを感ずるのである。

渡辺一夫にフランス文学の改革を期待することは、私はまちがっていると思わない。しかしそのことは、同時に一方では、渡辺と反対のものも伸ばす必要があるということを妨げないと思う。妨げないばかりでなく、むしろそのことが逆に中野なり渡辺なりのブルジョア的なものへの闘争力を強めることにもなるのでないかと思う。偉大な戦略家は、敵の力を弱めることだけを考えないで、敵の力を強めておいて逆用することも考えるだろう。日本の社会の構造に骨がらみになっている日本的教養主義は、それを内部から引き戻すことによって倒れるよりは、それをその法則のままに前進させ、ついに自己崩壊に至る極限にまで追いつめ、教養主義そのものの究極においてその反対物に転化する契機をつかむことによって倒れる公算の方が大きくないだろうか。げんに渡辺一夫の対極である、したがってある意味では渡辺一夫の反中野的一面を高度に純化したと見られる加藤周一などに、私はその兆候を認める。そして改革者としての加藤に大きな期待を抱く。中野重治が加藤的俗悪を嫌悪すればするほど、私の加藤らの運動にたいする尊敬は高まるのである。

加藤については、私は別に小さな雑誌に書いたことがあるので、その要点を再録することにする。

「加藤周一を、私は、フランス文学研究者のなかで、というより、一般外国文学の研究者のなかで、いちばん、尊敬している。いちばん、といっても、私は、そんなに広く読んでいるわけではなく、むしろ非常に狭い方であるが、その狭い私の読書範囲で、という意味である。私が尊敬するのは、知識の量からではない。知識の量なら、いくらでも上がある。そうではなくて、方法の新しさ、というよりも、その新しさを支えている自覚的態度、ということであって、その点で、私は教えられるところがある。では、どこが新しいか、というと、かれは外国文学を研究するには、自分がそのものになるところまで行かねばならぬと考えており、しかも、それを、日本文学の伝統だといいきっているところである。こういう自覚的態度は、私の考えでは、日本の歴史にかつてなかった。

遣唐使だって、五山の僧侶だって、幕府の御用学者だって、それほど徹底して自覚的ではなかった。それを、加藤はある極限にまで、しかも自覚的に、徹底させたことにおいて、かれは、今日、外国文学研究者の一方の最先端である。おそらく、それは、日本の敗戦という事実、それに伴う文化の完全な植民地性の曝露、に対応する、もっとも急進的なイデオロギイであって、それにくらべれば、日本のマルクス主義者など、急進的といいえぬくらいな、それだけ、切れば血が出る現代性をもったものなのである。」

「加藤は、日本が、明治以後、西洋文化の輸入に失敗したことを認める。その失敗の原因は、加藤によれば、不徹底性にある。そこから、徹底化の方向が出てくる。いわば、加藤の方法は、絶対他力である。加藤ほど、徹底した他力論者は、おそらく、かつて、なかった。しかも、それだけなら、驚くにあたらないのだが、かれは、その絶対他力を、それこそ日本文学の伝統であると主張することによって、統一的世界観のうえに体系化し、自覚的にとらえている点、私は、ほとんど独創といえるのではないかと思う。」

「世間では、加藤一派を、ディレッタント、と見ているらしいが、私はそう思わない。いかにも、かれらは、ディレッタントの流れから出てきたが、だから、一見、ディレッタントらしい外形をしてはいるが、しかし、かれらのディレッタンティズムは、すでにディレッタンティズムを乗り越えたそれであって、したがって、かれらの場合は、もはや、かれらの先輩のような、ディレッタントではない。」

「いったい、日本の外国文学の研究史上、ギルドが形成されて以来、もっとも多く、すぐれた職人をうんだのは、フランス文学のそれである。そして、その反対は、中国文学である。これには、社会的な理由のあることだが、その理由の分析は、私の任でない。ともかく、フランス文学は、日本では、頂点に立っており、そこには、おのずから、秀才が集り、その秀才たちは、そのなかで、秀才的に形成され、日本文化の代表選手としての自覚をもって、そこから出てくるように、構造されている。だから、そこから、加藤のような優秀なイデオロオグがうまれるのは、必然であって、他の文学、ことに中国文学からは、絶対に、かれのような優秀分子は、うまれない。たとえば、加藤は、自己の位置を、次のように定式化する。『要するに私の現代フランス文学に対する関心は、第一にそれがフランス文学即ち私の世界と異る世界の文学ではなく、ヨーロッパ文学であり、世界文学であり、辺境ではあるが同時に私もまたそのなかに住んでゐる世界の代表的な文学であるといふ事実による。』（『現代フランス文学論』）これは、おそらく、外国文学研究における、今日、もっとも尖鋭な、方法論であって、したがって、それは、日本文化の最高水準を示すものであるが、このような高い知性は、まったく、秀才的思考方法の産物、私のコトバにいいかえるならば、ドレイ根性の産物（私の『中国の近代と日本の近代』を参照）であることを疑うことはできない。かつ、当然に、それは、日本文化の伝統に、深く、根ざしている。だから、もし、私が、自分のフランス文学にたいする関心を、根拠づけようと思うなら、やはり、加藤と同意見を述べなければならないのだが、私の場合は、秀才でなくて鈍才だから、その最後に、次の一句を、つけ加えることが必要だ。『と最優秀分子である加藤によって認識された事実による。』」（『思潮』一九四九年五月号「ある挑戦」）

私の見るところ、まさに加藤は、中野が渡辺に期待したのとは反対の方向に歩いているのであって、したがって論理的には、渡辺の懐疑を両極に引き裂いたものが、加藤の絶対他力と中野の絶対自力に分化すると見てもいいと私は思う。そして、それが極であるかぎり、どちらも大切だと思う。私自身は、中国文学研究者として当然、加藤の道へ行くことはできない。できないだけでなく、中国文学がフランス文学をまねて進歩の方向をたどることを全力をあげて妨げるつもりでさえいるが、それにもかかわらず、敵としての加藤には最高の敬礼をおくる。すべて純粋なもの、高度なものは美しい。加藤が加藤の俗悪（中野から見て）に徹底することは好ましい。植民地的現実を直視する加藤の勇気は、たとえ方向を異にするものにも励ましを与えること、中途半端なものの比ではない。加藤は中野の嫌悪にたじろいではならぬし、また中野は、かれの反教養主義のためにこの教養主義の最優秀選手を利用すべきだろう。ところで私自身はといえば、私は思想を信じないから、これらの演技者の演技の完璧を望むだけで、観客席から拍手を送ることしかできないわけだが、そこにおのずからの好悪はあるので、もしもヒイキ方が劣勢になったり、演技をとちったりした場合には、我を忘れて舞台へおどりあがって、殴られ役に廻るくらいの芸当は演じないともかぎらない。

日本共産党論（その一）

日本共産党にたいする私の不満をつきつめていくと、それは結局、日本共産党が日本の革命を主題にしていない、ということに行きつくのではないかと思う。

コミンフォルムの日共批判事件の全体の経過を眺めて、私はますますその感を深める。この事件がおこったとき、日共は最初、デマであるといった。それから、事実であることがわかると、デマであるといったのはブルジョア新聞の取り扱い方に関してであると弁解した。次には、コミンフォルムの批判は半ばは妥当であるが半ばは妥当でない、つまりコミンフォルムは、日本の実情を十分には知っていない、と弁解した。最後に、野坂の自己批判があらわれ、コミンフォルムに「全面降伏」し、拡大中央委員会はそれを認めた。その中間に、問題の取りあげ方について書記局が党員に訓戒を垂れたこともあった。最後にあらわれた野坂の長文の自己批判は、さすがに委曲をつくしたものであったが、委曲をつくしたというだけであって、底が割れたという感じしかなかった。私はそれをよんで「汝もまた」と思い、自分のおかれている環境の貧しさが、いまさらのように心にこたえた。

この事件をジャーナリズムの面で眺めると、日共は終始、後手であった。商業新聞は思うさま日共を嘲笑した。この嘲笑が無理もないと思われるほど、日共の態度は、臆病な犬のように卑屈で弱々しかった。見ていて、たまらなくなり、目を掩いたくなる場面もあった。「汝もまた」は、「汝もまた我のごとく弱いか」の意味である。私は最初、日共に憤りを感じたが、憤ってみたところでどうにもなるわけではなし、かえって悲しみを深めるばかりである。次第に、いつものように、あきらめが私をひたした。

コミンフォルムの批判文は、今にして思えば、文章として完全なものではない。たとえば国連の「人権宣言」などにくらべてみても、世界を包括する論理を作り出そうとする熱意において、劣っているように思う。しかし、それにしても、共産主義の原則だけは曲げていない。これにたいする日共の回答が、ほとんど文章をなさぬ（文章が成立する根本条件を欠いている）のにくらべて、そのダラクぶりにくらべて、ともかく原則を貫き通す気力は、きわ立っており、文章の条件をそなえた、批評に価する文章であることだけはまちがいない。日共党員のなかの政治技術屋たちは、問題をかれら流の「戦略」意識の平面だけで受け止めているから、話にならないが、党員のなかの文学者たちは、かれらの文学観に照らして、この文章の問題をどう考えているだろうか。文章とはその場の思いつきで、書き終えれば人間はそのなかにいないでよいもの、けっして次の行動を拘束される責任のないもの、論理を外から借りてきて事実を結びあわせればそれが文章だと、主観的にはともかく、客観的にはそう信じているにちがいないこれらの文章の書き手と、それに署名している中央委員会とを、党員の文学者たちは文学の名において許しているのだろうか。日本文学をダラクさせる全国的カンパに、民自党や社会党とならんで、日共も一役買っているのを、かれらはどのような感情で眺めているのだろうか。

「日本における客観的ならびに主観的条件は、一定の目的を達成するにあたって、ジグザグの言動をとらなければならない状態におかれている。それ故に、各種の表現が奴隷の言葉をもってあらわされなければならないときもあるし、また紆余曲折した表現を用いなければならないことも存在する。

かかる状態を十分に顧慮することなくして、外国の諸同志が、わが党ならびに同志の言動を批判するならば、重大なる損害を人民ならびにわが党に及ぼすことは明らかである。」

この文章のスタイルは、典型的な日本語の官僚文体である。あげ足を取られぬように、どこから突込まれても逃げ道があるように、用心に用心して、だれかが原文をこしらえたのを持ちよって字句を修正し、これでいいというところで手を打つといった式の、したがってそれ自身の発想法をもたぬ、生命のない文章である。規格どおりにはなっているが、血は通っていない。下僚たちがこしらえて、議会で大臣によます施政方針とよばれる儀礼的な文章にそれは似ているし、遡っていけば、おそらく勅語にもつながる文体であろう。もっとも、その卑屈さは格別で、私はこれをよみながら、むかし中野重治が細田民樹の『真理の春』を批評したときの「旦那様もお人が悪いといってポンと額をたたくようだ」という形容を思い出していた。その表面の強がりだけを見て、日共がコミンフォルムにタテついていると早合点した人もあったが、私はそう思わなかった。強がりは強さとは反対のものだ。文章の調子は弱々しいのだ。果して数日おいて発表された拡大中委の決議では、強がりが平身低頭に変ったばかりでなく、その変ったことを恥しいとも思っていない様子が文章にあきらかに見えた。

人間の意識は、個人にしろ社会にしろ、刻々に変ってゆく。そこに思想の進歩もあれば退歩もある。しかし、その変化は、外界の刺激に媒介されつつも、それ自身の一貫性を保ち、前の段階の上に次の段階が築かれねばならぬものだろう。もしそうでなければ、思想に一貫性がなければ、その人は、個人にしろ団体にしろ、独立した人格とは認められないだろう。今日Aと判断を下し、それと無関係にそのことについて明日は非Aと判断を下すならば、その人の精神は病的だ。コミンフォルムの批判を半ば反駁した声明の数日あとに、そのことは忘れたように伏せておいて、別に全体的に肯定した声明を出す（一方は中央委員会政治局であり他方は第十八回拡大中央委員会という署名のちがいはあるが）日本共産党の精神は、健全であるとはいえない。それとも、そういう私の受け取り方の方がじつは浅いので、どうせ声明や決議は一片の紙きれだという民自党の公約とおなじような実利主義の点で思想の一貫性を認めるべきだろうか。

おそらく共産主義者は私を反駁するだろう。二つの声明の間には内面的関連がある、後の声明は前の声明を止揚しているので、けっして撞着ではなく、認識のより正しい段階への一歩前進である、といった風に。しかし、私の常識は、そのような詭弁には納得しない。AとBとはあくまで異るのだ。AとBとが無条件で同時に正しいことはありえない。むろん、Aという判断がまちがっているとわかった場合には、Aを捨ててBを取るのはよいことだが、それにはあらかじめAを取消す手続が必要であるし、そのためには、なぜAがまちがっているかということを、Aのうまれてきた根拠に遡って検討することが必要だ。理由を説明せずに、Aがまちがっていたから B に改めるというだけでは、Bの正しさは保証されない。まして、Bを主張することによって、かつて主張したAが自然消滅するとでも考えるのは、予想されるCによってBが自然消滅することを自分で証明しているようなものだ。どこに思想の一貫性が、したがって人格の独立が、あるだろうか。

「それが偽りでないならば」と宮本百合子は三鷹事件にふれて書いている。ああ、それが偽りでないならば。だが、偽りであってもかまわぬではないか。取消せばすむことだし、取消さなくても、別の偽りを出せば前の偽りは消えるのだ。

私の考えは、政治の実情を知らぬシロウト観だ、とある人はいうだろう。あの声明は複雑な党内事情を反映しているので、したがって人的関係から裏の裏を見なければ真相はつかめないよ、といった風に。じっさい、このレアリストの消息通の忠告は、私の耳に痛いのである。私は裏の裏を知らない。思想が特定の人間関係から独立していない日本で、裏を知らずに思想だけを論じてみてもはじまらない話である。『アカハタ』をよんで文章論を考えている私のような手合は、たしかに世間知らずの青二才とよばれるに価しよう。大衆は賢明であるから、新聞にのった声明などを信用しやしない。かつて情報局の発表を信用しなかったように。かれらは、文章の書き手がいかに自分の文章を信用していないかを見抜いている。だから、文章をよまずに文章の裏を見ようとする。デマを知ろうとする。「デマを信用するな」という命令が、逆にデマ探求熱を駆り立て、デマ製造者を喜ばせている。かつての情報局時代にそうであったように、まさにここにも肉体派（丸山真男の造語）の完全な勝利があるわけだ。

日共は、コミンフォルムの前に、手をついてあやまった。私が悪うございました。もういたしませんから、どうかお許しください。一度は反抗しかけたものの、すぐに思いかえして、そういってあやまった。これこそ、ドレイの姿である。ドレイのコトバを使おうが使うまいが、そんなことには関係なく、これこそ権威の前にひれ伏すドレイの姿である。ブルジョア新聞にさえ嘲笑されたドレイの姿である。

とんでもない中傷だ、と共産主義者はわめくだろう。権威に降伏したのではない、正しい理論に承服したので、これこそ真理愛のあらわれだ、といって。しかし私は、共産主義の権威よりは自分の文学的直観の方を信じている。

私の文学的直観によれば、コミンフォルムの批判文は、日共が受け取ったような性質のものではない。それは野坂理論を激しく非難してはいるが、その非難は、野坂なり日共なりが、コミンフォルムの権威に服さぬことを非難しているわけではない。野坂理論のあやまりが、日本の人民にあやまった観念を植えつけていることを、共産党は人民の指導者（奉仕者といってもいい）でなければならぬという信念の立場から、非難しているにすぎない。いわば日本の人民の前に日共を引きすえて、日共があやまった理論のために人民を代表しえないことの責任を糾弾している恰好なのだ。したがって、批判者のよびかけている対象は、じつは日本の人民である。かれは日本の人民の前で日共を批判しているので、日本の人民を批判しているのではない。日共が人民を正しく指導（代表といってもいい）しないことを責めているのであって、そのことが共産主義的でないといっているのだ。批判者の目には、日本の人民は、共産主義でないものを共産主義のように教えこまれている被害者として映っている。そして加害者である日共は、共産主義でないものを共産主義のように教えることによって、日本の人民に罪を負うと同時に、共産主義にとっても背教者になっているわけだ。

したがって、もし日共がこの批判を正しく受け取って自己批判したとすれば、その自己批判は日本の人民にたいする責任の観点からなされるはずのものである。そうすれば、たんに戦略の問題、原則の適用の問題として皮相に片づけられるはずはなく、理論の根底にある究極のモラルの問題へまで反省を深めえたはずである。手をついてあやまるならば、コミンフォルムにたいしてでなく、日本の人民の前に手をつくべきであった。人民への謝罪なくして共産主義への忠誠はありえない。ところが、日共の態度は、まったく反対であった。終始一貫、人民へは尻を向けて、コミンフォルムの顔色を窺ってばかりいた。自分が日本の人民を代表しなかったこと（それが批判の眼目だ）を反省せず、相変らず人民の代表のつもりで、しかも被害者（批判によれば）である人民を道づれにしてコミンフォルムに詫び証文を入れている。救われぬドレイ根性、とコミンフォルムの批判者は思うにちがいないと私は思う。

もっとも、日共党員の主観においては、自分が人民に尻を向けているつもりはないだろう。なぜなら、かれらには「人民」が目に見えないから。そして目に見えないものは、かれらには実在しないのだから。日本的肉体主義者の例外ではない日本的共産主義者は、外界の実体としてAあるいはBという個物の形でしか人民という範疇がつかめないらしい。かれらは、人民という概念を、外から与えられたものとして、抽象としては一応固定的な形で理解できるが、それを具体化するとなると、AあるいはBという個物にまで飛躍しなければ表象できない。その中間にある具体的一般者とでもいうべき真実在の観念にはけっして到達しない。なぜなら、かれらにはその統合の主体となるべきものが欠けているから。その主体が何かということは、私にはよくわからないが、ともかくかれらが日本の革命を主題にしないことは、その欠如のあらわれである。

そこでコミンフォルム、あるいは中共のいう人民と、日共のいう人民とは、コトバはおなじでも、内容はおなじでないことになる。このことは、コミンフォルム、あるいは中共の日共批判文と、これにたいする、日共の数回の回答文とをくらべてみれば、はっきりわかる。日共が、なぜ矛盾した声明を出したか、なぜ批判の眼目をそらしたか、なぜ原則問題を戦略問題にすりかえたか、なぜ日本の人民に尻を向けてコミンフォルムの顔色を窺っているかも、この点からすれば説明がつく。つまり、日共にとっては、日本の革命が問題なのではなく、たとい問題であるにしても、それが神聖不可侵の権威への忠誠度をあらわす点で問題なのである。日本の革命を主題にした原則論の観点に立ち、したがって革命の担当者である日本の人民へよびかけているコミンフォルムの批判が、ひとたび日共の主観を通すと、先生に叱られた生徒のように、自分が原則の適用をあやまったことを権威に指摘されたのだと思いこみ、自分流に「至上命令」をかんぐって別の適用をあれこれ模索するが、模索すればするほど、原則から遠ざかることには気がつかない。人民の代表である（共産主義の原則からして）自分が叱られたことで、人民に責任を感ずるが、そのことで人民にあやまろうとせずに、逆に人民をひきいて権威にあやまろうとする態度に出る。じつはかれらの後に人民などはいないのだが、かれらは尻を向けているからそれに気がつかないのである。

共産主義の思想自体が権威主義の構造をもっているかどうかについて、私はどちらともいえないが、ともかく今度の事件の経過からもわかるように、日本のそれはあきらかに特殊だ。コミンフォルムなり中共なりの批判文には権威主義の匂が感じられないが、日共のその受け取り方は典型的に日本的である。したがって、おなじ共産主義でも、そこには質的な差があり、日本のそれはカッコつきでよぶべきではないかと思う。

このことは、別の見方からすれば、思想一般がそうであるように、日本では共産主義もまだ思想化されていない、ということになる。思想は、生活から出て、生活を越えたところに独立性を保って成り立つものであろう。そうであるとすれば、生活から出ないものと、生活を越えないものとは、ともに思想ということはできないわけだ。ところが日本では、生活の次元に止まる未萌芽の思想と、まだ生活に媒介されない、したがって生産性をもたない、外来の、カッコつきの思想があるばかりだ。共産主義もその例外ではない。そしてこの両者は、あらゆる個人と社会のなかで、あらゆる面で相互に無媒介に混在している。日本文化の分裂とよばれ、あるいは日本文化の多様性とよばれるものは、この思想の欠如、同時にあらゆる擬似思想の氾濫の現象と無関係でない。この現象は、批判精神の欠如とよばれることとも同一である。それがいかに日本的であるかは、多くの外国の観察者、たとえば最近ではレヴィットやベネディクトが指摘している。それは制度と意識の両面からの長い積みかさねによって、一種の民族性と化しており、ほとんど自覚されない。自覚されないことにおいてそれはドレイ的である。コミンフォルムの批判が正しく受け取られないのは、日共がこのドレイ構造の内部にいながら、そのことを自覚していないせいである。

日本の共産主義者には、二種類ある。ひとつはインテリで、これは自分の観念のなかで共産主義は是か非かを問うた末、是なりと決断して入信した偶像崇拝者であり、したがって説教によって人を改宗させることはできるが、偶像を破棄すること、つまり共産主義を実践することはできない。ひとつは大衆で、利益にひかれて生活の便宜のために入党するものである。かれは利益のために共産主義を手段にするのであるから、利益がなくなれば手段を捨てるわけであり、したがってこれも共産主義者になることはできない。この大衆は、そのままでは人民、つまり革命の担当者ではない。なぜなら、革命、つまり権力の転移は、日常の利益と相反することであり、生活の次元では達成されないから。そこに指導者の役目があるわけだが、その指導者が、成り立たない。というのは、かれらはみな偶像の方を向いており、めったに後をふり向かず、たまにふり向いても、それは大衆のなかから信心堅固なものを自分の手下に抜擢するためにふり向くだけだから。一方、大衆の方は、この恩恵にあずかろうとして忠勤をはげむものと、逆に反抗に出るものと、無関心なものとの区別はあるが、いずれも、この身分的階層を自然の所与として認めた上の話なので、それを破壊することによって、自身が人民になろうと意志することはない。制度は意識を支え、意識は制度を支え、日本文化のドレイ構造を安穏にしている。日本の革命のほとんど絶望的に困難な事情がそこにある。

コミンフォルムの批判がよびかけている日本の人民はどこにいるか。じつは、どこにもいないのである。コミンフォルムは、架空の、眠っている人民によびかけているにすぎない。日共が、それを代表してコミンフォルムに詫びを入れているつもりの日本の人民とは、ほんとうの人民ではない。それは日共の手下であり、ドレイの子分であり、したがってこれまたドレイであるところのものだ。ドレイが人民であるわけはない。人民とは、自身のモラルをそなえた、革命遂行の担当能力ある自由な人間のことである。権威（共産主義を含めて）に媚びるドレイのことではない。そのような人間は、いずれはドレイから形成されるべきものであろうが、その形成作用は起っていない。なぜなら、もしそれが起っているなら、それが文化面にも反映して、あらゆる文化問題の論議において日本の革命が主題になるべきなのに、まだその徴候がないから、日本共産党のダラクを憤る声は、けっして私の周囲に高らかに響いてはいない。

重要なことは、日本では、人間解放の原理としての近代思想に忠実であればあるほど、その主観的意図が人間的に誠実であればあるほど、そのことが同時に逆の面では構造的なものを強めているという歴史的事実である。個人もそうだし、団体もそうである。日本へ近代思想を持ち込んだ先覚者たちは、いずれもこの例外でない。ほとんど唯一の近代的政党である日本共産党が、その権威主義、官僚主義の点では、封建的立場からする民自党の反官僚主義にも太刀打ちできないのは、そのせいである。共産主義も、発生当時は、日本の革命を主題にしていた。日本の革命のために共産主義が最良の方法であるという判断から出発した。ところが、運動の過程において、手段であったはずの共産主義が目的化し、日本に共産主義を広めることが、日本の革命であると考えられるようになった。革命の主体であるはずの共産党が自己目的化し、共産党員がふえること、あるいは選挙で投票がふえることがただちに日本の革命であると観念されるようになった。構造的なものを破壊する目的のため導き入れられた手段が、その構造なりに歪められ、逆に構造を強める働きに転化しているわけだ。野坂理論がドレイ的共産主義の基礎づけである意味がここにある。しかもそれが、主観的にはあくまで思想に忠実な態度であると観念されている点が問題だ。善意が善意であればあるほど悪意になる。革命的なものが革命的であればあるほど反革命的になる。なぜそうなるかといえば、それはつまり、思想が生活に媒介されないからであり、日本文化のドレイ構造を破壊するという革命の主題が忘れられるからである。

コミンフォルムの批判がよびかけている日本の人民は、まだ眠っている。眠っている人民によびかけたとて、返事がきかれるわけはないので、おそらくこれは、批判者の致命的な錯誤であろう。まさか相手が眠っているとは、批判者は考えていまい。だから、日本共産党のダラクを憤る声が人民の間に起らぬことを不思議に思っているかもしれない。しかし、じつは不思議でない。というのは、眠らせているものが日本共産党であり、眠りから醒まさないことが日本的共産主義者の主観においては共産主義の権威に忠実な所以だと考えられており、かれらは極力人民を眠らせることによって、共産主義に忠勤をはげむと同時に、権力に奉仕しているからである。この点コミンフォルムの批判者は、「野坂の誤りが簡単に改められるような単純あるいは偶然な誤謬でない」（北京『人民日報』）ことを指摘した中共ほどには、「日本における客観的ならびに主観的条件」を正確に知らないのかもしれない。たしかに「かかる状態を十分に顧慮することなくして、外国の諸同志が、わが党ならびに同志の言動を批判するならば、重大なる損害を人民ならびにわが党に及ぼすことは明らかである」。

（一九五〇年四月）

亡国の歌

『展望』の五月号（一九五一年）で臼井吉見氏は、『山びこ学校』の少年たちの作文から受けた感動について語ったあとで、次のように書いている。

「文壇小説は、おそらくこれら少年たちの思考とは逆な方向をたどつてゐる。国民生活の広さとむすびつくことを避けるところで成立してゐる。それがいよいよ娯楽化と商品化の道をたどるのは必然である。いはゆる中間小説と、文芸雑誌、綜合雑誌の小説を区別する一線などどこにも存在しない。ありとすれば、掲載雑誌の区別か、それに応ずる作者の世俗的用心の使ひわけぐらゐであらう。」

臼井氏は、広さと狭さということで問題を出している。『山びこ学校』の中学生たちは、かれら自身の生活について考えているが、「その広さにおいて、日本の国民生活の広さに相応してゐるといへるし、その複雑さにおいても同様といつてよい」。したがって「炭やきについてのかれらの思考は、それが直ちに国の経済と倫理のありかたにまでむすびつかざるをえない」。ところが、いわゆる文壇文学は、「本格小説も、私小説も、風俗小説も、中間小説も、そのほかあらゆるレッテルの小説をひつくるめて明らかなことは、日本の現代小説の特殊な狭さといふことだ。美女あり、野獣あり、酔っぱらひあり、殺人あり、姦通あり……何でもないものはないやうな観があるが、実に狭いといふ感じである。現在の日本の国民生活の広さと深さと複雑さにくらべて、実に狭くて、浅くて、単純で」ある。

引用が長くなったが、重要な発言だと思うのでそうした。これは臼井氏の持論であるばかりでなく、批評家の側からの文壇文学への不信の、総括的な、最大公約数的な、意見の表明と考えていいだろう。たとえば、『人間』四月号（一九五一年）の対談での清水幾太郎氏の発言はその一例だ。そしてそれは、批評家のコジュウト根性というより、かなり広い大衆的支持をもった意見だと私は考える。たとえば、専門家の間で妙なひねくれた反撥的な受け取り方をされた桑原武夫氏の『文学入門』が、読者には評判がよかった。中村光夫氏の『風俗小説論』も、文庫本になってからは驚くほど売れているということだ。一方に、作意的な、コマーシャリズムと結びついた読者層の拡大という現象がある。小説の需要がとてつもなく増大したという事実がある。この事実は否定されない。それが実作家の側からの批評への反撥のタテになっている。しかし、小説の需要が増大したことは、読者が小説の現状に満足しているという証明にはならない。むしろ非常に大きな不満足があるのではないかと私は感じる。もし不満足がなければ『文学入門』や『風俗小説論』などがあれほど売れるはずはなかろう。

ところで、実作家と批評家、という形で問題をとらえるのは、対立の意味を正しくとらえることにならないかもしれない。実作家のなかにも、現状に不満の人はたくさんいる。そしてそれぞれの仕方で改革を試みていないわけではない。一方、批評家の側でも、一般的不信という問題の出し方に反対する人はいる。なかには純粋の技術的観点だけを固執する人もあって、そうなるともう実作家との区別はつかなくなるわけだ。段階は無数にあり、ニュアンスに富んでいる。しかし、総体的観察としては、やはり実作家と批評家という両極の分化を認めないわけにいかない。戦後、インテリの各分野の間のコミュニケーションが盛んになったが、専門外の立場からの発言は、ほとんど例外なしに文学の現状にたいして否定的だった。

どう否定的かというと、人によって表現はいろいろだが、要点はつまり、今日の問題に触れていないということだ。臼井氏が狭いといっているのと同じことである。思想性の欠如といってもいい。今日に生きる悩み、不安、焦燥、もどかしさ、要するにもやもやしたものに、表現を与えていないというのだ。そしてそれは、作家が切迫した内部衝動をもたないところから結果するので、つまりは作家に、いかに生きるかの問題意識がないからだというのが大多数の人の判断のようである。

戦争のもたらした破壊から、どうやって国民経済を再建したらいいか、という問題が今日の社会科学の分野での根本課題になっている。このことは疑う人はいない。そして研究者の間で、純粋理論の研究者を含めて、この共通の問題意識から出発しない人は少い。経済学者にしろ、歴史学者にしろ、社会学者にしろ、すべてそうだ。ところが、国民経済の再建という問題は、たんに制度や技術の問題でなしに、少し深く考えていくとどうしても意識の問題にぶつかる。教育や道徳の問題をはなれて制度だけを論ずることはできない。そこで、意識の分野での変革の担当者としての文学者に期待をかけるわけだ。いったい文学者は、国民道徳の荒廃の現状を、どう考え、どのような責任を感じ、どう処置しようとしているか。かれらは日本の再建にどういう夢を描いているか。そしてどこに現状からの脱出路を作ろうとしているか。ところが、文学者はそんなことを考えていない。現状に満足しているわけではないが、そうかといって強い不満を抱いている様子は見えない。むしろ一部では、道徳の荒廃を、魚が水をえたように喜んでいる風がある。これでは再建はおぼつかないというので、期待が失望に変るのだ。

しかし、文学者の側からの反論がないわけではない。その第一は、文学にそのような期待をかけるのはまちがっているというのだ。その理由もいろいろだが、究極のところは、文学を直接の功利性に結びつけることに対する強い嫌悪の感情が元であろうと思う。これは近代文学を経過した以上は当然というべき一面の妥当性をもっている。文学が権力なり観念なりへの奉仕を要求された場合に、自身の自律性に立って反撥するなら、それは有効に働いたことになろう。一切の御用文学は拒否しなければならぬ。しかし、もしいまの場合、日本民族の滅亡がかけられているとしたら、それでも文学は局外中立を保てるだろうか。いかに純粋な文学でも、民族とともに生き、ともに滅びる。道徳の荒廃は、インフレーションのようなもので、見かけの好景気は信用できない。道徳の荒廃の上にさかえる文学は、蓄積を浪費しているだけであって、いつかは縮小再生産によって自身が破滅するにきまっている。文学の自律性とはそんなものではないはずだ。

読者の要求は素朴である。文学によって慰められたいのだ。生きる力を与えられたいのだ。むろん娯楽の要求もないわけではないが、それが全部ではない。たんなる娯楽の手段なら、ほかにいくらでもある。とくに文学に求める必要はない。文学が娯楽に堕するのは文学の自殺である。読者は文学でなければかけられない期待を文学にかけている。宗教や哲学にかける期待よりはるかに大きいものだ。

そして、相対的には、文学者がもっともそれに答えていないように思われる。

反論の第二は、前と反対に、文学に一種の功利性を認める立場から発せられる。文学は国民的要求に答えるべきだし、またある部分ではそれに答えているというのだ。しかし、その答えているという部分がじつは答えていないのではないかと思われる。というのは、そのために自律性をギセイにしているからだ。読者が文学に求めるものは、慰めであり、力であり、したがってその元をなす真実であるが、その真実は、表現によって昇華された真実であって、ナマの行為ではない。読者は直接の功利性を文学に期待しているわけではない。文学的真実を実現できないために外から思想なり観念なりを借りてきたのでは、読者を満足させることはできない。なぜなら、それは道徳の荒廃の上にさかえる文学を内から倒す力になりえないからだ。それは修身科を設けようとする企てと変らない。空腹感を水でまぎらすようなものだ。したがって、主観的意図の善悪にかかわらず、結果として文学のダラクに協力していることにおいて第一の立場と変らない。

文学の危機が、文学者を含めての多くの人によって自覚されていることを私は信ずる。その自覚されている度合だけをいえば、けっして他の分野におとらないだろう。前に引いた臼井氏の発言を見てもそのことはわかる。ただ、改革への熱意が足りないのだ。足りないというより、熱意が共通の問題意識を生むところまで集中化されないのだ。創作と批評、詩と小説、あるいはそれぞれの流派の間で、問題がばらばらに取りあげられていて、したがって技術的観点から、スコラスティックに扱われているように思われる。今日の危機は、これまでのように、新しい流派を導入するとか、既成の思想に救いを求めるとかいう手段では何とも解決のしようのないところまできているのだが、その究極の追いつめられた立場は、案外まだ自覚されていないのかもしれない。

他の分野からの発言が多い割に、文学者が外に向って発言することは少い。文学者は問題をかれらが文学と信ずるもののワクのなかだけで考えて、その文学を成り立たせている広い国民生活の地盤については考えていないようだ。むろん、問題はあくまで文学の内部でとらえられなければならぬ。いかなるものであれ、外からの強権によって左右されてはならぬ。それは当然だ。批評家だって、そんなことを望んでいるわけではない。狭いというのは、文学者が文学以外のものに目を向けない、ということではない。文学を考える考え方が狭いという意味だ。文学の本質について考えていないということだ。かれらは、文学の純粋さを守ろうとして、じつは文学をダラクさせているのである。かれらのいう文学の自由とは、温室のなかの自由だ。管理は人にまかせてある。だから温室そのものは認識の対象にならない。その代り、温室は管理人の一存でいつでも取り払われることを保留してある。

読者の要求は素朴であるが、素朴なだけに職業作家のように文学の本質を見失うことはない。かれらは待っている。期待をかけて、辛抱強く待っている。失望しながらも、失望しきりになることはない。かれらは「魂の教師」の出現を待っているのだ。自身のモラルをふまえて両足で大地に立ちたいというやみがたい願望にかられて、じっと待っている。文学者は、文学に魂の教師を期待する読者の要求は甘いという。それは古風であり、現代的でないという。しかし、読者の要求はつねにそうしたものだ。そして私は、読者が甘いか文学者が甘いかは疑問だと思う。

私は国民道徳の再建という課題が、文学者だけの責任とは考えない。それは国民全体の責任である。文学者も国民であるかぎり、その責任を免れないが、それは文学の機能的役割りとは一応別のものだ。

ただ、この課題における表現の技術的側面だけは、どう考えても文学者の責任に帰するよりほかにない。文学者が表現を与えないで、あるいは、妨げられている本来の表現を解放しないで、だれがそれをするだろうか。時代の文学的表現に責任を負うものは文学者以外にないはずだ。表現は欝屈している。憲法さえ、それを勝手に作ったものの手によって勝手に作りかえられようとしている。この文学的虚偽を許しておいて、いったい文学における自由が成り立つだろうか。死んだ宮本百合子は、三鷹事件にふれて「それがいつわりでないならば」といった。宮本の文学論の反対者でも、時代の文学的な表現に責任をとろうとした宮本の文学者としての節操と勇気とは認めないわけにはいかぬだろう。反対者は反対するがいい。ただ嘲笑してはならぬ。黙殺もよくない。表現において争うべきだ。そうでなければ、文学の自由を再び権力の黒い手に渡すことになる。

一般に道徳の荒廃が支配しているとき、文学だけがそれから自由であるはずがない。むしろ、文学はそれを忠実に反映することによって文学の機能を果すことができる、という説がある。私はこの説を認める。たしかに、文学だけが自由であるはずがない。文学は修身科ではなく、文学者は説教師ではない。かれはただ、民衆とともにうたえばいいのだ。かれは道徳者である必要はない。むしろ転換の時代には、古い価値をほろぼすために進んで反道徳者となっていい。表現を解放するためにそれが必要ならば、それはかれにとって崇高な義務である。その場合、新しい価値をうむために古い価値をほろぼすのであるから、新しい価値への確信がなければならぬ。どこかでその確信が鳴っていなければならぬ。かれは反道徳ではあるが、文学精神は健康である。もしそうでなければ、文学精神の衰弱の結果としての反道徳であるなら、それはもはや反道徳ではなく、道徳的不感症であり、人非人である。デカダンに似てデカダンではなく、たんなる下劣である。

国がほろびるときは、文学者はただ亡国の歌をうたえばいい。かれはただ、満腔の熱情をこめてそれをうたえばいい。しかし、いまからそれをはじめるのは少し早すぎはしないかと私は思う。

近代主義と民族の問題

民族の問題が、ふたたび人々の意識にのぼるようになった。最近、歴史学研究会と日本文学協会とが、同じころに開いた大会で、この問題を議題にした。おそらく、一九五一年ラクノウで開かれた太平洋問題調査会（I・P・R）の会議がアジアのナショナリズムを議題に選んだことが直接影響を与えているのではないかと思うが、ともかく学術団体が民族について考えるようになったのは戦後の新しい時期の展開を暗示するといえる。

これまで、民族の問題は、左右のイデオロギイによって政治的に利用される傾きが強くて、学問の対象としては、むしろ意識的に取り上げることが避けられてきた。右のイデオロギイからの民族主義鼓吹については、近い過去に、にがい経験をなめている。その苦痛が大きいために、戦後にあらわれた左のイデオロギイからの呼びかけに対しても、簡単には動かされない、動かされてはならないという姿勢を示した。敗戦とともに、民族主義は悪であるという観念が支配的になった。民族主義（あるいは民族意識）からの脱却ということが、救いの方向であると考えられた。戦争中、何らかの仕方で、ファシズムの権力に奉仕する民族主義に抵抗してきた人々が、戦後にその抵抗の姿勢のままで発言し出したのだから、そしてその発言が解放感にともなわれていたのだから、このことは自然のなりゆきといわなければならない。

少くとも現在の世界において、民族という要素はかなりの比重をもっており、あらゆるイデオロギイ、あるいは文化の問題が、多かれ少かれこの要素を除外しては考えられない、ということは、少し冷静に考えてみれば自明なはずである。ところが戦後の解放感の激しさは、一時はこの自明の観点（あるいは思考の通路）を排除した観があった。有名な文学者で、民族語としての日本語の廃止を唱えた人もあり（志賀直哉など）、今日から見れば乱暴なその発言が、当時は大して奇異な目で見られなかった。人種としての日本人の廃止を唱えた人さえあった。これは極端な理想主義とか空想とかいうより、一種の熱病状態からおこった異常心理というべきだろう。民族の存在そのものが宿命的に悪だと考えられたわけだ。逆にいえば、そう考えざるをえないほど民族主義が人間の自由を奪った、という歴史的事実を証明することにもなる。

戦後におとずれた新しい啓蒙の機運に乗じて、文学の分野でも、おびただしい概説書があらわれた。そのほとんどすべてが、ヨーロッパの近代文学（あるいは現代文学）をモデルにして日本の近代文学の歪みを照らすという方法を取っている。桑原武夫氏とか中村光夫氏のような、その態度の明確なものから、伊藤整氏のようなニュアンスと屈折に富んだものまで、あるいは左の瀬沼茂樹氏から右の中村真一郎氏にいたるまで、段階と色調はさまざまだが、いずれも日本文学の自己主張を捨てている態度は共通している。つまり広い意味での近代主義を立場にしている。したがって、民族という要素は、思考の通路にはいっていない。日本文学の自己主張は、歴史的には、「日本ロマン派」が頂点をなしているが、それが頂点のまま外の力によって押し倒されて、別の抑えられていたものが出てきたのだから、このことは当然といえばいえる。これは現象的には、学問の流派としての「国文学」の衰えたことと同一である。事実、戦後しばらくの間は、「国文学」はほとんど世間からかえりみられない学科になった。

それでは、戦後にあらわれた左のイデオロギイからの提唱は、民族を思考の通路に入れているか、というと、そうではない。「民族の独立」というようなスローガンはあるけれども、その民族は先験的に考えられたものであって、やはり一種の近代主義の範疇に属する。自然の生活感情から出てきたものではない。アジアのナショナリズム、とくに中国のそれをモデルにして、日本へ適合させようと試みたものである。したがって、現実との結びつきは欠けている。このことは日本共産党の文化政策にあらわれている混乱、無理論、機械主義によって判断することができる。たとえば、中国のヤンコの機械的適用がダンスであってみたり、たまたま組合活動を行っているために「文楽」が古典芸術の粋とよばれたりする類だ。文学理論の不毛さにいたっては、沙汰のかぎりである。

近代主義は、戦後の空白状態において、ある種の文化的役割は果したといえる。強権によって抑えられていたものが解放されたのだから、その発言は当然であり、それによって空白の部分が満たされることは必要であった。文学の創造の場でのいくつかの実験も、解放の喜びの表現としてみれば、うなずくことができる。血ぬられた民族主義の悪夢を忘れるためには、民族の存在を捨象した形でものを考えてみることも、一概に悪いことでなかったかもしれない。しかし、空白が埋められたときに、その延長上に文化の創造がなされるかというと、少くとも今日までのところ、かなり疑問である。その疑問があればこそ、今日ふたたび民族が問われるようになったのだろう。
マルクス主義者を含めての近代主義者たちは、血ぬられた民族主義をよけて通った。自分を被害者と規定し、ナショナリズムのウルトラ化を自己の責任外の出来事とした。「日本ロマン派」を黙殺することが正しいとされた。しかし、「日本ロマン派」を倒したものは、かれらではなくて外の力なのである。外の力によって倒されたものを、自分が倒したように、自分の力を過信したことはなかっただろうか。それによって、悪夢は忘れられたかもしれないが、血は洗い清められなかったのではないか。

戦後にあらわれた文学評論の類が、少数の例外を除いて、ほとんどすべて「日本ロマン派」を不問に付しているさまは、ことに多少でも「日本ロマン派」に関係のあった人までがアリバイ提出にいそがしいさまは、ちょっと奇妙である。すでに「日本ロマン派」は滅んでしまったから、いまさら問題とするに当らないと考えているのだろうか。いや、不問に付しているのではない、大いに攻撃している、という反対論が、ことに左翼派から出ると思うが、かれらの攻撃というのは、まともな対決ではない。相手の発生根拠に立ち入って、内在批評を試みたものではない。それのみが敵を倒す唯一の方法である対決をよけた攻撃なのだ。極端にいえば、ザマ見やがれの調子である。これでは相手を否定することはできない。

戦後の近代主義の復活が、「日本ロマン派」のアンチ・テーゼであることは認められるけれども、「日本ロマン派」そのものが近代主義のアンチ・テーゼとして最初は提出されたという歴史的事実を忘れてはならない。どういうアンチ・テーゼかといえば、民族を一つの要素として認めよ、ということであった。のちに民族が、一つの要素でなくて万能になったのは、権力の問題を一応除外して考えるならば、時の勢というものであって、つまり、かれらの主張がアンチ・テーゼとして認められなかったことに由来している。近代主義が民族主義との対決をよけたことが、逆に民族主義を硬化させ、無制的にさせたのである。

この点に関し、最近、高見順氏が注目すべき発言を行っている(『世界』一九五一年六月号)。高見氏は、自身の体験を回想して、一つの疑問を提出した。それは、「日本ロマン派」と『人民文庫』とが、転向という一本の木から出た二つの枝ではないかということだ。当時、『人民文庫』派であった高見氏は、ファシズムへの抵抗の心構えから、「日本ロマン派」に反動のレッテルを貼ることに心せいて「彼等の主張の中の正しい部分を見ようとしなかった」が、このような態度はあやまりであって、そのため抵抗も弱くなり「逃げ腰の抵抗」になったというのだ。

高見氏が「日本ロマン派」の中の正しい部分とよんでいるのは、かれらが「健全な倫理的意識」の把握を日本文学にもとめた、ということを指しているが、これを民族意識に置きかえることもできるのでないかと私は思う。そしてそのかぎりでは、それは適切な発言であったと思う。近代主義へのアンチ・テーゼというのは、その意味だ。

近代主義は、日本文学において、支配的傾向だというのが私の判断である。近代主義とは、いいかえれば、民族を思考の通路に含まぬ、あるいは排除する、ということだ。しかし、この傾向は、日本に近代文学が発生したときに生じたのではない。二葉亭にはあきらかに、二つの要素の相剋が見られる。この相剋はある時期まで続いた。それがなくなって、一方の傾向だけが支配的になったのは、だいたい『白樺』による抽象的自由人の設定の可能が開けて以後だろうと思う。文学史上、近代文学の確立とよばれる歴史的事実をそれは指している。この場合、近代文学の確立とは、二つの要素の相剋の止場を意味しているのでなく、一方の要素の切捨てによって行われていることに注意しなければならない。民族は不当に卑められ、抑圧されてしまった。抑圧されたものが反撥の機会をねらうのは自然である。

プロレタリア文学もこの例外ではない。『白樺』の延長から出てきた日本のプロレタリア文学は、階級という新しい要素を輸入することには成功したが、抑圧された民族を救い出すことは念頭になかった。むしろ、民族を抑圧するために階級を利用し、階級を万能化した。抽象的自由人から出発し、それに階級闘争説をあてはめれば、当然そうならざるを得ない。この民族を切り捨てた爪立ちの姿勢にそもそもの無理があったのだ。絶えず背後に気を配らなければ安心できない後めたさがあった。そのため、ひとたび何らかの力作用によって支えが崩れれば、自分の足で立つことができない。無理な姿勢は逆の方向に崩れる。極端な民族主義者が転向者の間から出たのは不思議でない。

文学の創造の根元によこたわる暗いひろがりを、隈なく照らし出すためには、ただ一つの照明だけでは不十分であろう。その不十分さを無視したところに、日本のプロレタリア文学の失敗があった。そしてその失敗を強行させたところに、日本の近代社会の構造的欠陥があったと考えられる。人間を抽象的自由人なり階級人なりと規定することは、それ自体は、段階的に必要な操作であるが、それが具体的な完き人間像との関連を断たれて、あたかもそれだけで完全な人間であるかのように自己主張をやり出す性急さから、日本の近代文学のあらゆる流派とともにプロレタリア文学も免れていなかった。一切をすくい取らねばならぬ文学の本来の役割を忘れて、部分をもって全体を掩おうとした。見捨てられた暗い片隅から、全き人間性の回復を求める苦痛の叫び声が起るのは当然といわなければならない。

民族は、この暗い片隅に根ざしている。民族の問題は、それが無視されたときに問題となる性質のものである。民族の意識は抑圧によっておこる。たとい、のちにそれが民族主義にまで前進するためには別の力作用が加わるにしても、その発生においては、人間性の回復の要求と無関係ではない。抑圧されなければ表面に姿をあらわさないが、契機としては絶えず存在するのが民族だ。失われた人間性を回復する努力をよけて、一方的な力作用だけで、ねむっている民族意識を永久にねむり続けさせることはできない。

日本ファシズムの権力支配が、この民族意識をねむりから呼びさまし、それをウルトラ・ナショナリズムにまで高めて利用したことについて、その権力支配の機構を弾劾《だんがい》することは必要だが、それによって素朴なナショナリズムの心情までが抑圧されることは正しくない。後者は正当な発言権をもっている。近代主義によって歪められた人間像を本来の姿に満したいという止みがたい欲求に根ざした叫びなのだ。そしてそれこそは、日本以外のアジア諸国の「正しい」ナショナリズムにもつながるものである。この点は、たとえばラティモアのようなアメリカの学者でも認め、太平洋戦争がアジアの復興に刺激を与えたという、逆説的ではあるが、プラスの面も引き出している。

ウルトラ・ナショナリズムから、ウルトラの部分だけを抜き放して弾劾することは無意味である。同時に、ウルトラでないナショナリズムを、対決を通さずに手に入れようとする試みも失敗におわるだろう。アジアのナショナリズム、ことに典型的には中国のそれは、社会革命と緊密に結びついたものであることが指摘されている。しかし日本では、社会革命がナショナリズムを疎外したために、見捨てられたナショナリズムは帝国主義と結びつくしか道がなかったわけである。ナショナリズムは必然にウルトラ化せざるを得なかった。「処女性を失った」（丸山真男）といわれるのは、そのことである。

発生において素朴な民族の心情が、権力支配に利用され、同化されていった悲惨な全経過をたどることなしに、それとの対決をよけて、今日において民族を語ることはできない。「日本ロマン派」は、さかのぼれば啄木へ行き、さらに天心へも子規へも透谷へも行くのである。福沢諭吉だって例外でない。日本の近代文学史におけるナショナリズムの伝統は、隠微な形ではあるが、あきらかに断続しながら存在しているのである。近代主義の支配によって認識を妨げられていただけだ。その埋もれた宝を発掘しようと試みるものがなかったために、「日本ロマン派」の反動を導き出したのである。少なくとも歴史的意味においてそうだった。

「日本ロマン派」が、権力への奉仕によって、文学内部での問題処理の態度を捨てたのは、たしかに日本のナショナリズムのためにも不幸なことであった。しかしそれは、戦後に復活した近代主義が、ナショナリズムとの対決を避けることを合理づけるものではない。むしろ、近代主義の復活によって均衡が回復した今こそ、改めてそれがなされるべき時機であろう。それをしないのは、卑怯だ。もしも対決をよける根拠が、単純な進歩主義にあるとすれば、そのような進歩主義は、口さきでいかに革命をとなえようとも、真の革命にとっては敵である。

一方から見ると、ナショナリズムとの対決をよける心理には、戦争責任の自覚の不足があらわれているともいえる。いいかえれば、良心の不足だ。そして良心の不足は、勇気の不足にもとづく。自分を傷つけるのがこわいために、血にまみれた民族を忘れようとする。私は日本人だ、と叫ぶことをためらう。しかし、忘れることによって血は清められない。いかにも近代主義は、敗戦の理由を、日本の近代社会と文化の歪みから合理的に説明するだろう。それは説明するだけであって、ふたたび暗黒の力が盛り上ることを防ぎ止める実践的な力にはならない。アンチ・テーゼの提出だけに止ってジンテーゼを志さないかぎり、相手は完全に否定されたわけではないから、見捨てられた全人間性の回復を目ざす芽がふたたび暗黒の底からふかないとはかぎらない。そしてそれが芽をふけば、構造的基盤が変化していないのだから、かならずウルトラ・ナショナリズムの自己破滅にまで成長することはあきらかである。

たとい「国民文学」というコトバがひとたび汚されたとしても、今日、私たちは国民文学への念願を捨てるわけにいかない。それは階級文学や植民地文学（裏がえせば世界文学）では代置できない、かけがえのない大切なものである。それの実現を目ざさなくて、何のなすべきものがあるだろう。しかし、国民文学は、階級とともに民族をふくんだ全人間性の完全な実現なしには達成されない。民族の伝統に根ざさない革命というものはありえない。全体を救うことが問題なので、都合の悪い部分だけ切り捨てて事をすますわけにはいかない。かつての失敗の体験は貴重だ。手を焼くことをおそれて現実回避を行ってはならない。

「処女性」を失った日本が、それを失わないアジアのナショナリズムに結びつく道は、おそらく非常に打開が困難だろう。ほとんど不可能に近いくらい困難だろう。真面目に考える人ほど（たとえば丸山真男氏や前記の高見順氏）絶望感が濃いのはその証拠だ。しかし絶望に直面したときに、かえって心の平静が得られる。ただ勇気をもて。勇気をもって現実の底にくぐれ。一つだけの光にたよって、救われることを幻想してはならぬ。創造の根元の暗黒が隈なく照らし出されるまで、仕事を休んで安心してはならない。汚れを自分の手で洗わなければならぬ。特効薬はない。一歩一歩、手さぐりで歩きつづけるより仕方がない。中国の近代文学の建設者たちを見たって、絶望に打ちのめされながら、他力にたよらずに、手で土を掘るようにして一歩一歩進んでいるのである。かれらの達成した結果だけを借りてくる虫のいいたくらみは許されない。たといそれで道が開けなかったところで、そのときは民族とともに滅びるだけであって、奴隷（あるいは奴隷の支配者）となって生きながらえるよりは、はるかによいことである。

インテリ論

「二階建の家に住んでいるようなもので、階下では日本的に考えたり感じたりするし、二階にはプラトンからハイデッガーに至るまでのヨーロッパの学問が、紐に通したように並べてある。そしてヨーロッパ人の教師は、これで二階と階下を往き来する梯子は何処にあるのだろうかと、疑問に思う。」

（カルル・レヴィット『ヨーロッパのニヒリズム』）

一

戦後、ジャーナリズムの上でも、インテリ（知識人）論は、にぎやかに取り上げられた題目の一つであった。毎月の雑誌に、それに関する論文や座談会が載らないことは稀であった。知識人は何をなすべきか。あるいは、日本のインテリの特質は何か、といったような問題が、さまざまな観点から、多くの人によって検討された。もはや意見は出つくしたように思われる。この辺で、一応の結論を出してもいい時期に来ているのではないか。といっても、行動の規準を導き出せるだけ十分な基礎研究ができている、という意味ではない。私たちの研究はまだまだ足りない。たとえば、インテリの所属する中間層の社会的性格の分析についても、それを含めての日本の資本主義の特殊構造についても、それぞれの個別研究の成果はあるだろうが、まだ利用しうるだけ一般性をもった形にととのえられていないうらみがある。基礎研究なしには理論はうまれず、理論なしには行動の基準もうまれない。だから、インテリ論の結論を出すのは、まだ早いということもできる。しかし、一方からいうと、情勢は非常に切迫していて、完全な結論が出るまで待っておられない、ということも考えられる。のみならず、結論というものは、最終的に与えられるものではないだろう。絶えず過程的な形で出して、行動による実験に投じ込むことによって、次の段階に、より正しい結論を導き出す、といった性質のものであるだろう。とすれば、戦後五年の経験を生かすためにも、一応の締めくくりはつけたいところである。

戦後のさかんなインテリ論をふりかえってみると、その出発点は、戦争責任の反省にあった。なぜ日本ではファシズムへの抵抗が組織化されなかったか、という点で、インテリの無力さが自覚された。フランスにしろ、中国にしろ、インテリが統一戦線の中心になって、あるいは中心にならないまでも民衆と一体になって、抵抗運動をおこしている。なぜ日本でそれが実現しなかったか。そこに何か日本のインテリの欠陥があるのではないか。あるいは特殊事情があるのではないか。問題をすべて人間を含まぬ機構だけで割り切ってしまう唯物論者は別として、主体的に責任を考える人々は、立場の左右を問わず、こういう疑問を出した。ファシズムと戦争の危機は、去ったかに見えて、じつは完全に去ったわけではない。もう一度危機がやってきたときに、この前の失敗をくり返したくはない。それにはどうしたらいいだろうか、というのがインテリ論の共通の課題であった。そして、これには結論が出た。インテリが孤立していたのがいけなかったのである。

インテリが孤立していたというのは、二つの意味があって、まず、インテリは相互間において孤立していた。だから、戦争に抵抗した少数のものも、その抵抗は心理的な、自分の心の内部の抵抗に止まって、それを行動にあらわし、人と結びついた社会的な力になることができなかった。それから、インテリは全体としても、民衆に対して孤立していた。日本のインテリは民衆と共通の生活の地盤に立たないで、浮き上っているから、その知的能力を民衆の代弁に役立てることができないのである。

この二つの孤立は、相互にからみあっていて、別のものではないが、比較的にいえば、第一の方は気がつきやすいし、それだけ改革の方法を見つけることも容易である。そして戦後に実際ある程度まで改革された。知的職業のいろいろの分野の間に、意見の交換も行われるし、共通の課題を発見する努力もなされるようになった。これは昔から見ると大きな進歩である。もっとも、学会や文壇でセクト主義が相変らず横行しているということもあるが、それを打ち破る動きも一方にあり、次第に改革されるという見通しを立てることは、おそらくまちがっていない。ただ、問題は第二の点であって、インテリと民衆の隔絶という状態は、今日でもほとんど改まっていないように思われる。

それでは、インテリと民衆はどのように、そしてなぜ、隔絶しているか。この現状分析の結論が出ないと、改革案も出てこないわけだ。ところが、この点になると、問題がいろいろの方向に関係してくるし、出される意見もまちまちであって、概括することが困難である。しかし、それをよけては一歩も進めないので、私なりの考えで一応の結論を出すことにする。

その前にお断りしておきたいのは、インテリ（知識人）の概念規定である。そもそもインテリとは何かということだ。それが決らなければ議論に混乱が起るかもしれない。そのためであろうが、多くのインテリ論は、このインテリの定義にページを費している。しかし、原則として私は概念規定から出発する方法を避けたいのである。それは議論を整理する役に立つよりも、かえって混乱させることがしばしばある。問題は今日の日本のインテリの状況ということであり、だれがインテリであってだれがインテリでないかということは、わざわざ定義しなくても、漠然とした形ではあるが一応経験的に知られていると思う。少くとも私はその一人であり、おそらく読者の多数もそうであるにちがいない。

理想的な市民社会を仮定すれば、インテリは、全体社会の頭脳作用を機能的に代表するものでなければならない。個人に頭と手があるように、社会にも頭と手が必要だ。頭と手が分化したのは人間が高等動物だからであるが、それと同じように、社会の場合も、進化が大きいほどこの分化が激しくなる。しかし、いくら分化したからといって、それは機能的な分化であるから、それぞれが独立できるものではない。もし独立すれば生命体に必要な統一がなくなる。社会が健全であるなら、頭と手の調和は絶対に必要だ。

理想的な市民社会は現実には存在しないから、この調和が完全に保たれていることはまずないので、どこかで破れているのが普通である。しかし、それにしても、日本ほど破れ方がひどいのは世界に珍しい、ということは承認できるように思う。極端にいえば、日本のインテリは、全体社会において特殊な機能的役割を果すのでなくて、実体的な部分社会に固定している観がある。つまり、封建時代の身分制が形を変えて、色濃く残っているのである。インテリと民衆とは、職能的にでなく、身分的にへだてられている。それぱかりでなく、それぞれのインテリ部分社会がまた、閉鎖的な、自足的な、ギルドに分裂している。それぞれのギルド内部には親分子分の階層的秩序が支配していて、独特のヤクザ的モラルをもち、仲間だけしかわからぬフチョウ的用語が通用している。ギルドのオキテに従って、外とのコミュニケーションは堅く禁ぜられている。この点は戦後にかなり改まったが、それでもまだ、ギルドの自壊作用を起すところまでは至っていない。これがインテリの現状の見取り図である。

ここで反対論が起ると思う。日本はもはや封建社会ではなく、近代社会、しかも部分的には非常に高い近代社会を実現している。身分制は明治以後廃されて、あらゆる職業は国民に開放されている、といって。一応私もそれを認める。しかし私の考えでは、このこと自体が身分制を近代へ持ち込むことを助けているのだ。明治になって身分制が廃されたのは、いわば形式的な廃止であって、実質的には、それを国民的規模に拡大することによって復活しているのではないかと思う。制度として廃止することによって、古い意識を温存しているのだ。古い意識とは何かといえば、権威主義であり、官尊民卑であり、立身出世主義である。国民は自由な個人へ向って解放されたのでなく、ドレイへ向って解放されるために、身分のワクをはずされたに過ぎない。国民皆兵や義務教育という制度の改革が、それを助けたのだ。この点は、多くの歴史家の有用な研究がある。また、制度と意識のギャップについては、法社会学者がたくさん材料を出している。これは、一口にいえば、日本の近代の特殊な歪みということであって、インテリもまた国民であるから、この歪みを反映した畸型化から免れていないのである。

インテリと民衆とが身分的にへだてられているのは、こうした日本の社会構造に由来しているのである。そこで、どういうことになるかといえば、インテリは民衆に対して抜きがたい優越感をもっており、民衆はまたインテリに対して劣等感をもつことになる。民衆は、学者なり、議員なり、重役なり、官僚なり、しばしばまた芸術家なり、要するにインテリを、けっして自分たちと等質の人間と見ていない。多くの場合、内心で軽蔑しながら畏怖している。この関係は、昔の武士と町人の関係に似ている。議員や学者や芸術家は、本当は民衆が、自分たちの意志や感情を代弁させるために、自分たちの生産の余剰でやしなっているものであるにもかかわらず、かれらはそう思っていない。だから、たまたま学問なり芸術なりが民衆の生活に役立つときは、それを学問なり芸術なりの当然の義務と考えずに、恩恵と感じるのである。

この場合、労働組合や進歩的学者からは反対論が出るかもしれない。私のいう民衆とは、意識のおくれた層、とくに農民や小商人の心理であって、近代的労働者はそんなものではない、といって。私はそれを認める。一部にはたしかに進んだ面がある。しかし、全体としては、近代的労働者といえどもけっして例外ではないことを、私はいろいろの証拠をあげて説明することができる。

ところで、インテリと民衆が身分的にへだてられているといっても、日本は一応は近代社会を実現しているのだから、両者は血統においてへだてられているのではない。また、所有関係や権力によってへだてられているのでもない。インテリの出身は民衆であって、根は共通だ。民衆以外のものからインテリが出てくるのではない。だから、逆にいえば、民衆は潜在的にはだれでもインテリなのであって、チャンスがあればかれはインテリになる。そしてインテリになることによって、一種の身分と、それに伴う特権を取得するのである。そのいい例は、戦争中の統制経済で公団がたくさんできたとき、商人が公団の役員になることによって一朝にしてどんなに変貌したかを見ればいい。そして公団が廃止されれば、かれらはまた元に戻るのである。あるいは、農民出身の下士官がおなじ農民出身の兵士をどんなにいじめたかを見ればいい。公団の役員や下士官は、純粋のインテリとはいえないだろう。しかし、広い意味では、かれらもまたインテリであり、狭い意味のインテリの場合でも、変りはないのだ。たとえば、ある小説家は、警官から侮辱を受けたとき、自分が小説家（つまりインテリ）であるという特権を利用して抗議を申し込んだ。ある大学教授は、公務員の待遇がどんなに低いかという例証として自分の生計を公開して評判を取ったが、その泣き言のように見える訴えの底には、国立大学教授という特権的地位には、それにふさわしい実体的裏付けがあるべきだという無意識の前提があった。こういう例は、インテリの言行を少し注意してみれば、いくらでも探すことができる。だれでもインテリであるかぎり、自覚すると否とにかかわらず、こうした優越感から免れていない。

つまり、インテリと民衆のへだたりは、制度的なものであるよりも、心理的なものである。だから、心がけ次第では改めやすいはずだが、逆にかえって改めにくいともいえる。というのは、このような意識は巨大な機構によって支えられており、長い間の教育によって歴史的に固められているからである。一部のインテリが自己主張をやめたところで、民衆の間から別のインテリが出てくるだけだ。そして最近、インテリ志望者がますますふえる傾向にある。作家のような職業は、最近までは、社会的地位も低く、それだけ物質的にも恵まれないので、なり手が限られていたのだが、最近では、作家志望者の数は大変なものだ。国民経済が破局に瀕しているとき、非生産的なインテリ志望者がふえるということは、日本の近代の歪みが根本のところでまだ是正されていないことを示している。

二

民衆と隔絶されている日本のインテリは、それ自体が畸型化されたものになる。この畸型化は、個人としても、全体としても、統一の欠如としてあらわれる。インテリはインテリとしてみても分裂している。個人における分裂は、かれの知的活動が、現実とのかかわりなしに、生活と無関係に進行するということだ。だから思想がそだたない。実地の検証を経ない、借り物の外来思想を、流行に応じて身にまとうのが日本のインテリだ。二階にはプラトンからハイデッガーまでが紐に吊り下げてあっても、主人は階下で神棚に燈明をあげているかもしれない。理論と実行が相互に無媒介な人間は、人格が分裂しているといわなければならない。

またインテリは、全体としても統一がない。日本のあらゆる社会で、実際政治に知性が欠けていることを多くの人が指摘しているが、これはその分裂のあらわれである。上は国会から下は小さな学会に至るまで、その運営は、知性とは別の力によって行われている。憲法からはじまって学会の規約に至るまで、あらゆる成文法は作文であって、作文を上手に作ることと、それを守ることとは別のこととして考えられている。実際の秩序を維持しているものは、別の一種のヤクザ仁義的な自然法である。私は兵隊のとき、戦闘の記録が、実際の戦闘と無関係に創作されるのを見て驚いたが、こういうことは今日、あらゆる宣言・綱領・会計報告で常識になっている。官庁間の割拠とか、予算分捕りとか、国民的利害の観点を離れて行動すること、つまり一切の官僚主義も、その思想的な根は、インテリの自己分裂にあると見ていいだろう。(丸山真男氏は、日本のインテリ層に二つの類型があり、両者は隔絶されているという意見を述べている。『尊攘思想と絶対主義』に収めた「日本ファシズムの思想と運動」参照。また、唐木順三氏は、日本のインテリの世代的断絶を指摘している。『現代史への試み』参照。)

インテリの自己分裂という現象は、日本文化の自己分裂という別の表現におきかえてもいい。インテリは文化の担当者である。少くとも、文化の高度の集中点である。文化に国民的統一がないことと、インテリが民衆から隔絶されていることとは、別の現象ではない。そして、日本文化の分裂については、すでに多くの外国の観察者が指摘しているし、また国内でも、いろいろの分野が気がつかれ出している。そこで、どうしてこの分裂を統一すべきかという問題になるわけだが、この問題を考えることは結局、どうやってインテリと民衆とを結びつけるべきかという問題に帰着するはずである。インテリと民衆との隔絶がなくなれば、日本文化は国民的統一へ向って動き出すはずだ。

ところで、インテリと民衆との隔絶が、制度的でなくて心理的である結果、インテリの内部分裂を引き起すことは、前に述べた通りだ。そうすると、インテリを主体に置いて考えた場合、インテリが自身の分裂状態を自覚し、統一の回復を志すことが、ひいてはインテリと民衆の間の溝をなくすことになるわけだ。インテリが、個人として、また全体として、畸型化から自分を救い出し、完全な統一を実現したとき、いいかえると、インテリとしての機能的役割を十全に果した場合、かれは民衆と結ばれるだろう。インテリが民衆から孤立しているのは、かれがまだインテリになり切っていないからだ。インテリと民衆との機能的な分化を、未分化の状態に引き戻すのでなくて、かえって分化を完全にすることによって、身分的なへだたりがなくなるのである。

インテリがインテリの役割を十全に果すということは、かれが職人から頭脳労働者、あるいは技術人になるということである。つまり、近代的市民になるということだ。そして、この点の指摘は、戦後いち早く雑誌『近代文学』などによって行われた。日本のインテリにどんなに前近代的な要素が残っているかについて、多くの人が多くの方面で書いている。改めてそれを繰りかえす必要はなかろう。ただ、指摘があっただけで実践的な解決に向かわなかった理由については、ここで考えてみる必要がある。

三

それにはまず、その前提として、近代的な技術人としてのインテリを、抽象的に考えることからはじめた方がいい。

技術人としてのインテリは、生産関係において、主要な対立要素ではなく、中立的なものである。近代の基本的な対立は、資本家階級と労働者階級の対立だが、インテリは本来、そのどちらにも属さない。かれは、直接には何も生産しないし、また搾取もしない。もっとも、インテリは精神的な価値を生産するともいえるが、これは人間の生活にとって、物質生産ほど一義的なものでない。少くとも、ある程度の物質生産の余剰がなければ成立しないものだ。このことは、原始社会の例を見てもわかるし、そうでなくても、自分あるいは周囲の観察によってもわかる。

たとえば、ここに一人の農民がいる。かれは一定時間働き、一定時間休息する。もしかれの生産力が低くて、生産に余剰が生じないとしたら、かれは文化的消費に時間を割くわけにいかぬ。かれの生産力が高まり、生産に余剰が生じ、それが蓄積されてはじめて、かれは直接の生産に要する時間をへらすことができる。そこで、文化活動がはじまる。その文化活動において、かれが農具なり種子なりの改良を志したとする。それに成功すれば、かれの生産力はいっそう高まるから、さらに余剰が生じて、かれは別の文化的消費を楽しむことができるだろう。

もしかれが、農具や種子の改良を自分で研究する代りに、その時間よけい働いて得た余剰生産物を提供することによって、他人に研究してもらうとすれば、ここにはじめて頭脳労働者たるインテリが分化して出てくるわけだ。もっとも、この例は、生産手段の所有者たる農民には当てはまるが、無所有者たる労働者には当てはまらないといわれるかもしれない。しかし、純粋のプロレタリアという経済学的範疇は現実には存在しないのだから、労働者の場合でもある程度同様のことがいえると思う。ともかく、文化活動は一定の労働の蓄積の上でないと成立しないことは、経験的に自明である。

この関係を高度に複雑化したものが近代社会である。そこでは、生産力の発達によって、直接の生産に要する社会的必要労働時間が非常に少くなっているから、かなり大きな非生産部分を養うことができる。しかも、このようにして物質生産の余剰によって養われている頭脳部分は、機械を発明することによってますます必要労働時間を減らせ、したがって相対的に頭脳部分を大きくする傾向がある。頭が手から分化するだけでなく、頭の内部がまた複雑な分化をおこす。これこそ文明の進歩とよばれる現象である。なぜならば、頭が分化し、技術が専門化するのでなかったら、生産力の無限の発達は起らなかったろうから。

いくら頭が大きくなっても、それが手との関連を見失わなければ、有機体に必要な統一は保たれているわけだ。ところが、頭が自分の独立を主張するようになると、その有機体は、個人にしろ社会にしろ、健全でなくなる。手による労働は、人間の生存にとって絶対に必要なものである。手による労働なしには、もしくは労働の蓄積なしには、頭脳活動はうまれない。逆に、頭脳活動は、直接の生産にとっては一義的に必要なものではない。文明の進歩はおそらく無限だろうから、必要労働量は相対的にますます小さくなっていくだろう。しかし、いくら小さくなっても、絶対にゼロにはならない。頭が手に養われるという関係はどこまで行っても不変である。たとい人類の必要労働量がすべて機械に代置されたとしても、その機械を動かす一本の手は残るはずだ。

直接の生産にたずさわる労働者や農民、広くいって民衆と、頭脳活動を代表するインテリとの社会分化は、当面の歴史の段階においては、避けられない必要さをもっている。万人が共に働き共に楽しむ一切が平等の理想社会は、空想中にあるか、歴史上では太古か無限の未来においてでなければ求められない。この空想を現実に適用しようとしたユートピアンたちはいつも失敗している。インテリという集団は、あらゆる人類の社会に不可避的に存在する。

しかし、それが存在するのは、歴史に対して合法則性を保つ場合、つまり、生産力増大という人類の目的に合致した場合に限っている。社会の非生産部分であるインテリは、将来の生産力の増大という、より大きな幸福の実現のために、生産者によって養われているのであるから、もしもこの目的が果されなかった場合は、インテリの存在はその社会にとってマイナスになる。労働の蓄積を空費しているからだ。かれが直接の生産活動から解放されているのは、自身が労働に従うよりもさらに多くの価値を生み出すべき期待によって全体社会から頭脳活動を寄託されているからに外ならない。かれがその期待に副わなくなり、単なる寄食的なものになれば、歴史の法則に従って社会はかれを追放するだろう。

そこにインテリの二重性格性がある。生産に結びついたとき、かれは有用であるが、寄食的になれば不要物に転化する。生産に結びつくとは、直接の生産者たる民衆に結びつくことである。寄食的になるとは、搾取（封建的搾取であろうと資本家的搾取であろうと）のオコボレによって養われるために生産との結びつきを忘れることである。資本家的生産が支配的になっている今日の社会では、直接の生産者によって養われることはまずないので、余剰生産物はすべて搾取の通路を経なければ実現しないから、この生産との結びつきはますます忘れられ、インテリはますます寄食化する傾向があるといえる。

しかも、この現象は世界的規模で進行している。世界が一つになった今日では、インテリの寄食性も世界的だ。今日、西欧的知性は、人類の頭脳を代表するものだが、同時にそれは、帝国主義の植民地支配という人類的規模の搾取によって養われていることも事実だ。近代のはじめ、ルネサンス期に西欧におこった文化の担い手たちは、生産者と一体であった。したがって、自主独立の精神をもっていた。市民社会が完成するにつれて、この精神が失われ、寄食性が増してきたことは、総体的観察としてはいえるように思う。むろん、自主性がまったくなくなったわけではないが、それは寄食性とからみあっている。したがって、このようなインテリを、インテリの自己改造のモデルにすることは、適当でないということになる。近代主義者たちが、問題を正しく提出しながら、解決の方向を誤ったのはそのためである。

四

問題を元に戻そう。日本のインテリが民衆と隔絶している現状を私は認めた。この隔絶は制度的なものであるよりも心理的なものであり、封建制の名残りと抱きあっていることも認めた。そのためインテリ自体に内部分裂が起ることも、したがってインテリの主体的立場からの問題解決の実践的方法としては、自己の統一回復への努力が必要なことも認めた。それにはインテリと民衆の分化を完全にするしか方法がなく、未分化の状態に引き戻す反歴史的な方法によっては果されないことも認めた。そこで、インテリが完全なインテリになるにはどうしたらよいか、というところへ来て、近代的インテリの二重性格にぶつかったのである。

市民社会が完成した以後の西欧のインテリをモデルにすることは、インテリの自己改造の目標として適当でない、なぜならば、それは寄食性が勝ったものであるから、と私はいった。おそらく、この点は多くの反対論が出ると思う。日本のインテリの間には、近代主義は主要な傾向の一つになっている。西欧が今日達成している高い知性を拒否することは、かれらの目には暴論に見える。しかし私は、じつはその点こそ、日本のインテリの弱点を曝露したものだと思う。

近代主義に反対するが、じつは近代主義の変形であるに過ぎない一派に、マルクス主義者がいる。かれらは公式を出す。インテリは、人類の進歩を信ずるかぎり、ブルジョアジーからプロレタリアートの陣営に移行すべきだし、また移行しつつある、と。しかし、この公式からは何も出てこない。具体的なプログラムがないところに実践的な力はおこりえない。主体の条件を考えないことにおいて、マルクス主義者は近代主義者と別のものではない。たとえば、今日、日本のインテリ（広くは中間層）は経済的没落に瀕しており、急速に特権を失いつつあるから、それはプロレタリアートの陣営に移行して革命勢力になるだろうという楽観説などが、どんなに現実的でないかは、説明するまでもなかろう。実際は、今日の国民経済の危機が逆にインテリ志望者を増大しているのであって、この浮動性こそ、日本のインテリの間に近代主義（マルクス主義を含めて）が支配的傾向となる現象と表裏一体の関係にあるのだ。

このことは、日本のインテリの発生系統をしらべることによって明らかになる。日本の資本主義が、国家権力によって上から育成されたことに照応して、インテリもまた人為的に作り出されたのだ。近代社会に適応するインテリを一挙に大量生産するために、明治政府は教育に力を注いだ。士官学校・帝国大学・師範学校などは、それぞれ目的は異っていたが、全体として日本のインテリの骨格部分を築き上げるのに力があった。国家権力は、権力の分け前をエサにして秀才を釣り上げることによって、増大するインテリの需要をみたしたのである。したがって、こうして形成されたインテリの骨格部分は、はじめから生産との関係が断たれているために、立身出世主義が浸みついていて、権力の匂には敏感だが、生産活動（精神的なものを含めて）には興味を感じないように出来上っている。日本の資本家が、生産よりも軍事的投機に興味をもつのと同様だ。自分で苦心して作るより、完成したものを奪ってくる近道ばかりを考えている。学問がそうであり、芸術がそうである。今日、マルクス主義者を含めての近代主義者が横行するのは怪しむに足りない。

さらに重要なことは、身分制が形式的にもせよ廃されて、教育の機会均等が叫ばれたために、教育という手段を通じて、インテリの非生産的・浮動的性格が民衆の間に行き渡ったことだ。農民が土地を売ったり、小商人が借金したりして、頭のいい子弟を上級学校に通わせることが、地道な生業よりも確実にして有利な投資であると考えるようになった。そのため、生産を尊ぶ質実な気風は失われ、一方、健全な資本家的モラルは育たぬままに、国民は全体として権力への賭けに熱中するようになった。今日、国民的窮乏が激しくなればなるほど、民衆の気持は生産へ向わないで消費にあこがれ、したがって非生産的インテリの志望者が増している。

では、このような現状を、どう改革したらいいか。インテリは何をなすべきか。私にも具体的なプランは何もない。もし革命が成就して、現在の巨大な機構が崩れれば、根本の障碍は除かれるわけだが、日本で社会革命が一朝にして成るという空想を私は信じるわけにいかない。私の考えは、できることを、できる範囲でやり、その努力を積みかさねていくより仕方ないのではないかと思う。インテリは、個人としても全体としても、まず自己の分裂状態を自覚し、統一を心掛けるべきだと思う。それには、失われている生産への信仰を回復することが必要だ。一切の寄食を、能うかぎり努力して止めていくことが大切だ。自主的になること、自分自身になること、それが第一歩だ。

どうしたら生産への信仰の回復ができるか。それには、ダラクした今日の西欧でなく、勃興期の市民社会の精神を学ぶことも一つの方法だろう。しかし、今日では時代がちがうから、そのままの市民精神を日本へ植えつけることはできまい。あるいは、前世紀末のロシアのナロードニキの運動とか、今世紀はじめの中国の学生運動の精神を学ぶことなども、参考になるだろう。逆にいって、日本の革命が、権威構造をそのままにして外から革命を押しつけたために失敗した過去の経験をふりかえることも、別の意味で大切なことかもしれない。それらの個々の問題については、ここで扱う余裕がない。ここでは、当面の問題であるインテリの生き方について、日本の過去の伝統の中から得られる教訓の一例として、安藤昌益という人物を紹介して稿をおわることにする。

五

二百年前の日本の独創的思想家であった安藤昌益については、ハーバート・ノーマン氏が詳しい研究を出している（『忘れられた思想家』）。私はまずその一節を引用しよう。「単なる書物の学問の危険を述べた懐疑家ベイコンの言葉」を引用した後で、ノーマン氏は次のように書いている。

「昌益の人間性の自覚もまたかれを遁世的かつ自己満足的な学者に反撥させ、さらに、かれの心に民衆への深い尊敬を生ぜしめた。わけても昌益は他人に食を給するために土地を耕作する人々を尊重した。洋の東西を問わず牧歌詩人や重農思想家たちはそれぞれの仕方において農民と農業を賞讃しているが、それは大ていの場合時流に投じた文筆的慣行であり、農業を主とする社会にあって当然のことであった。しかし昌益の場合にはそれは実にかれの人生観の本質であった。昌益は直接に農耕に携わること、すなわち、かれのいわゆる直耕を以て人間の唯一の健全にして自然な営みであるとし、くりかえしその基本的主題に立ち返ってゆく。しかもこの執拗さは感情というよりは熱情に発するものであり、文筆的身振りではなくて信念の表明である。農民に対する尊敬を昌益の一面とすれば、その半面は、社会悪への憎しみ、貪欲と浪費と虚飾と迷信への軽蔑であった。昌益が尊重したのは、孜々として四季の農事にいそしみ、大自然に依存し、じかに自然の気に触れ、万象を実地に観察し、他人を損ってまで名利を求めず、相応に真面目な暮しを立ててゆけるならばそれで満ち足りて幸福であるような、つつましい人々であった。だがその人々がそのように暮してゆけるためには、農民の生産物の大半を貢租として勝手に搾取する武士僧侶の階級があってはならなかった。昌益が曝露し論難したのは封建社会の実にこの特質にほかならなかったのである。」

これだけの叙述でも、安藤昌益の面目ははっきり出ている。かれは秋田の医者であって、かたわら『自然真営道』その他の著述を残した学者である。かれの思想は、一口にいえば、徹底した農本主義である。かれは生産を排他的に尊んだ。その結果、当時の唯一の生産者である農民に、「熱情」を通して結びついたわけだ。そしてそれが、歴史的制約の中でではあるが、封建制の虚偽への鋭い洞察の目をかれに開かせ、独創的な社会改革案の立案者たらしめたのである。

昌益が、生産者である農民を尊び、みずからは生産せずに農民を搾取する武士や僧侶を憎んだのは当然として、かれは一方また学者をも憎んだ。「文字を作るすら自然を失《あやま》る始めなり」とまで極論している。これはなぜかというと、「字書学問に対するこうした徹底的非難攻撃は当時の一切の学派に対する昌益の深い疑惑から発していた」とノーマン氏が書いているように、当時の学問のほとんどすべては、封建的搾取の上に寄食して「ほこりまみれの無味乾燥と思想的貧困と非現実性」を特徴としていたからである。

ところが、このように徹底して学者を攻撃した昌益自身が、じつは学者であった。かれの主張からすれば文筆活動は非生産的な閑事であるはずにもかかわらず、かれは著述を止めなかった。

「昌益の思想を検討してみて読者は、昌益が『直耕』のほとんど排他的重要性を強調しながら、自分自身の文筆的・知的活動をいかにして正当化することができたかとあるいは疑われるであろう」とノーマン氏は疑問を出している。

ノーマン氏は気になると見えて、丹念に調べたらしいが、昌益の意見の中には、自身のインテリ的一面を正当化するような材料は見当らなかったらしい。ただ、仙確という弟子が書いている序文に「師一生の直耕は一代の真道なり。直耕に代へて真営道を書に綴り、後世に残すは、永永無限の真道直耕なり。之を以て真営道の書を綴ること数十歳なり」という文句があった。

これを手がかりとして、ノーマン氏は次のように解釈を下した。

「この疑問に対しては、右にかかげた一節が解答を与える。すなわち仙確によれば、昌益は自然互性の真道を表わす大著の執筆を、自然真営の道にかなった社会にとって必要不可欠な一部と考えたのである。昌益の社会改革案を見れば、人民が真道を見出すのを授けるところの学者や著作家は、『社会の医者』というべきものであって全般の福祉に寄与している者であるから、直耕に従事する人民大衆のなかに含まれるべきであるとも考えられよう。」

私は、ノーマン氏の解釈はまったく正しいと思う。直接の生産に役立たないインテリが自己を正当化しうるのは、かれが「社会の医者」である場合に限られるという、ノーマン氏の解釈によって明らかにされた安藤昌益の生き方こそ、そのまま今日に移してインテリ論の締めくくりにすることができる。

（一九五一年一月）

文学の自律性など――国民文学の本質論の中

私は『群像』八月号（一九五二年）の「国民文学の方向」という座談会に出席し、そのあとで『改造』一九五二年八月号に「国民文学の問題点」という論文を書いた。そこでは、自分を主張するよりもまず整理を心がけた。「問題に近づく方法として、整理によるのが便利である」と私は書いた。この方法としての整理の必要ということは、その後、整理の内容に異った意見をもつ人の間でも、だいたいは認められた。これは一致点である。そして、この整理の必要な時期は、今日でもまだ続いていると思う。私の論文の出たあとで、それに触れて、また直接触れないで、いくつかの意見があらわれたので、進行係りとしての私は当然、もう一度整理をやる必要を感じる。論争点が出ているので、それに答えながら整理を進めていって、問題を浮かび上らせるようにしたい。

まず直接の材料になる論文のおもなものを挙げる。

一、神山彰一「民族解放の国民文学」（『理論』一九五二年六月、十八号）
二、山本健吉「国土・国語・国民――国民文学についての覚書」（同）
三、福田恆存「国民文学について」（『文学界』一九五二年九月号）

四、亀井勝一郎「国民文学私見」(『群像』一九五二年九月号)
五、小田切秀雄「日本国民文学の展望」(『文学』一九五二年九月号)
六、野間宏「国民文学について」(『人民文学』一九五二年九月号)
七、佐藤静夫「国民文学について」(『新日本文学』一九五二年十月号)
八、文芸時評(『近代文学』一九五二年九月号)

このほか、日刊新聞の時評でこの問題に触れて発言したものは、私の記憶に残っているので、手塚富雄、高橋義孝、武田泰淳などがある。それから、民主主義科学者協会芸術部会で、八月二十二日、国民文学に関する討論会があって、私も出席した。その記録はまだ出ていない。『人民文学』でも座談会をやったが、これには私は出席しなかった。その雑誌はまだ出ていない。ざっと、こんなところが今日までの状況である。

右の中、野間氏の論文がいちばん充実していて、掘り下げが深く、かつ、私への批判の形をとっているので、私は以下に、もっぱら野間氏の論文に即して整理を進めていきたいと考える。ただ、その前に、補足的な説明をしておきたい。

その一つは、福田氏の論文のことである。これは八篇の中でいちばん異色がある。というのは、ほかのはどれも問題の内容に触れているが、これだけは触れていないからだ。もっぱら私をやっつけているが、私の意見に反対しているのでなく、福田氏の目に映じた私の姿勢に向って嚙みついているだけである。さすがにスタイリストだけあって、よほどスタイルが気になると見える。私は、今でも文壇の番犬をもってみずから任ずる人がいようとは、想像していなかったので、いささか驚いた。番犬は、主人とちがった風体をしたものには噛みつく習性がある。しかし、番犬は主人ではない。番犬がいかに主人に忠実なつもりでも、主人がいなくなれば、かれは捨てられるのである。福田氏はこのことに「想いをいたしたことがあるのか」。

『文学界』の編集者は、この論文の出たあとすぐ、雑誌を送ってきて、次の号に私が回答を書くことを求めた。私は好意をありがたく感じたが、書くことは辞退した。この問題を文壇のトピックにしたくなかったからである。文壇がそれをトピックにすることは勝手だが、私の方から仲間入りする気はない。この問題は、サロン風に語られる性質のものではないのだ。福田氏は、私が人さわがせをやっているといって非難しているが、たしかに私は人さわがせをやっているのであって、ただ福田氏のように、それを文壇内でやろうとしないだけである。福田氏によれば私は「ひとよせ」の名人ということである。どうも私が名人と思っている人から名人といわれたので、面はゆい感じだが、ホントニソーナラ私はうれしいのである。ほんとでないから困るのだ。私は「ひとよせ」の技術の点でも福田氏から学びたいと思っている。いや、福田氏の親分から学びたいと思っている。それを日本の人民のものにしなければならぬと思っている。ただ、それを学ぶために他のものをギセイにするのは困るのだ。

もし福田氏に答えるにしても、今すぐでなく、ホトボリがさめてからにしたい、というのが私の執筆を断った理由である。問題が本質的な展開の緒について、私の役割りがおわり、ヒマになったら、いくらでも相手になります。今はいそがしい。私の読者が私を解放してくれない。私はなるべく最短距離を歩まなければならぬ。権力との直接の対決の場所があらわになるところまで歩まねばならぬ。

文壇が問題なのではなく、いわんや番犬が問題なのではない。途中でなるべく道草を食いたくない。むろん、犬は追わねばならぬが、犬を追うことに精力を使うのは愚だ。犬があらわれたことで、この道が権力へつながる正しい道であること、つまり問題の提出が正しかったことが証明されたのだから、犬を追うのはほどほどにして、もっと前へ進まねばならぬ。私の力がつきるところまで行かねばならぬのだ。

前記の八篇の論文の中（一）は私の論文に関係なく書かれた総括的な問題提出であって、かつ力作である。立場はほぼ、日本共産党のいわゆる主流派と見ていい。（七）は全体の展望のほかに（一）を批判しているが、細部にこだわっている感じで、建設的な意見は出されていない。（五）は、これも総括的な展望であり、その論旨に私はだいたい同感できる。（二）も同感するところの多い論文である。（四）は期待はずれだった。亀井氏にはもっと体験に即した正直な告白がききたかったが、今は関心がないせいであろうか、ナショナリズムの評価という問題の核心をそらされた感じを受けた。（八）は、私の論文の不備を指摘した点と、問題提出そのものへの不信を述べている点に特色がある。

もう少し予備的なことを書く。

前記の論文を見わたして最初に感じることは、国民文学という用語が固定したことである。国民文学というコトバにまつわっていたいやな連想が、だんだんにうすれてきた。まだまったくなくなったわけではないが、だから今でもこのコトバを避ける人は多いが、国民文学の提唱にふくまれている問題性がはっきりしてくるにつれて、次第に用語としての妥当性を取りもどしてきたように見える。左翼のいわゆる民主主義文学の陣営でも、はじめは国民文学を口に出していうことに、いくらかのためらいの色があったが、今日ではそれがなくなった。「民族的」とか「民族解放のための」とか限定づきであったのが、その限定が取れた。この限定は本来、国民文学の内容に含まれるべきものであるから、取れた方が正しい。そこで、国民文学は、スローガン、あるいは問題提出としては、疑問がなくなったわけだ。

国民文学という問題提出を承認しない人は、前記の（三）や（八）にあらわれているように、かなりいる。ここに基本的な対立が一つある。だから「提唱が有効であるかどうかの議論も十分にはなされていない」（竹内、前掲）状態は今でもつづいているわけである。とはいえ、目下のところ、反対提唱があるわけではないから、提唱者の間で内容づけを争うことによって、この提唱が有効であるかどうかの判定が、おのずから出てくるようにすればいい。「『国民文学』は、こんにちまず、何よりも大衆の中で、思想的に成熟している概念である」（一）という規定は、国民文学の提唱者の間には異議なく承認される見方であろうと思う。国民文学は根元的に提出されている問題であるから、文壇へゲモニイの争いの方向にずらしてはならない。いつも本質のところで論じなければならない。大衆の中に成熟している思想をつかむ方向で討論することが必要である。これも提唱者たちの間のほぼ一致した見解であろう。

内容づけを争うために必要な条件——予備的に、あるいは平行して、なすべき手続きの中で、だいたい同意を得られると思うものを挙げておく。その一つは、国民文学という用語例を、歴史にさかのぼって検討してみることだ。問題は用語でなく実質にあるが、用語という側面からも実質を照らすことはできるので、整理のためにそれをぜひやる必要がある。私は「往復書簡」で、日本の近代文学史上、国民文学が提唱された時期を大ざっぱに三つに分けた。これが正しいかどうかということ、さらに、その中でのこまかな屈折をしらべたい。とくに専門家に助けてもらいたい。たとえば、透谷――啄木という第一期で、高山樗牛や田岡嶺雲の役割りについて、第二期で、左右のイデオロギイの力関係の中で国民文学ということが一つの争奪点になっていたかどうかということ（それさえ私は知らない。私より若い人はなお知らぬだろう）、まだ土居光知氏の『文学序説』のなかの国民文学の考え方が、どこにどうつながっているかということ、などである。国民文学はいつも、革命の挫折の後に唱えられているように見えるが、それは法則と認めていいものであるかどうか。実質内容との関係でそのことが知りたい。

次に、言語の側面から問題を照らし出すことを、もっとやりたい。国語が成立しているかいないか（私はいないと思う）ということ、いないとすれば、どの方向にどう成立させたらいいかということ、これを言語学者や民俗学者と協力して究めたい。木下順二氏などが孤立してやっているが、前記の論文では（二）が触れているだけだ。（『群像』の座談会では少し触れたが、記録には省かれている。）カナヅカイ論議が文学者の責任において文学の問題にならぬのは不思議なことである。

これらの条件を同時にみたしながら、国民文学論は三つの方向に展開すべきであると思う。一つは、本質論ともいうべき、国民の形成と国民文学の成立の関係から考えていく方向である。一つは、文学運動の組織の問題、とくに統一戦線の問題である。ここでは階級と民族という二つの要素の関係がはっきりされなければならないし、文壇の構造ももっと明確にされる必要がある。文学教育の問題もここに出てくる。最後に、創作方法の問題がある。これには評価がからむので、文学史の検討が必要になる。生活綴り方やルポルタージュや民衆詩が、全体の展望の中で位置づけされなければならない。座談会での伊藤整氏や（五）はその点に力を入れた例である。

以上、非常に不十分であるが、今日までの成績をふまえた上で、私の考えでの今後の展望を述べた。国民文学が本質のところで論じられるならば、これらの条件は今後みたされていくにちがいないと思う。

そこで本論に入る。（十六）に挙げた野間宏氏の論文を手がかりにして、私への批判に答えながら、本質論の中の核心の部分を掘り下げることにする。

野間氏の立場は、ほぼ（一）と共通である。野間氏自身（一）をあわせ読んでほしいと断ってある。私は（一）にも疑問の点があるが、紙面のツゴウでここに直接には触れない。

野間氏の意見は、全体としては、私の考えとおなじであって、したがって私は、全体としてはそれにサンセイである。野間氏は私の文章から丹念に私の考えを引き出している。その理解は正確であって、一箇所を除くと、私が誤解されていると思うところはない。（その一箇所も私の意見でなく、私が引用した丸山静氏の意見である。丸山氏は「精緻な革命理論の力をかりて」という句を中村光夫氏から借りているのだから、それを全体の文脈から離して野間氏のようにそこだけで解釈するのはまちがっていると思う。）だから野間氏の立論をたどれば、私の主張がそっくり出せることになる。

野間氏は、じつに親切なことであるが、私が一九五一年六月号の『世界』に書いた「亡国の歌」（前掲）という文章にまでさかのぼって、そこから出発している。「竹内氏の出した問題というのは日本民族の危機にあたって日本の文学者ははたしてどのようにすべきか、その課題は何かという問題であった。」それは、「魂の教師」の出現を待ちのぞんでいる民衆の期待にこたえるということである。「民衆の危機の自覚の上に立ってその国の文学を考えるということ。そのことは自然なことであり、また文学者としてじつに正しいことである。」私たちは日本文学の危機の自覚の上にたった竹内好氏の出発点をそのまま認めなければならない。」したがって「日本民族全体の魂を解放する」ものが国民文学の実質内容であるという規定が出てくる。（野間氏は「私たち」または「われわれ」という主語を使っているが、これは全体の行文から判断して、雑誌『人民文学』による人たち、あるいは日本共産党のとくに主流派に属する文学者たち、と考えていいと思う。）

この規定は、私にとってもそのまま正しい。しかし、規定の条件は、私と野間氏では意見が異る。その一つは、文学の自律性ということであり、もう一つは、それと無関係ではないのだが、封建制からの解放をどの方向に考えるかということである。

私は文学の自律性を尊重する。自律性をもたない文学は、文学でないと考える。野間氏も「竹内好氏が強調する文学の自律性ということを私たちは否定するのではない、私たちもまた文学をただちに政治と同じ場所であつかったり、政治の手段にしたりすることを許すことはできない」。だから一歩進めていえば「私たちが竹内氏に私たちが手段としての国民文学を考えていると少しでも思わせたとすれば、それは私たちが民族の独立を、文学の領域において、文学において、実現して行くてだて、すじみちを十分考え、つくりだして行くことができていなかったからである。この点については私たちは竹内氏の批判を十分みとめなければならない」。

私の批判がこのように受け取られたのは、予期しなかったことなので、非常にうれしい。おそらく私が引きあいに出した伊藤整氏や臼井吉見氏も同感だろうと思う。共通の広場がいくらか見えたような感じを受けた。野間氏は「私たちの努力の不足」を反省しているので、その努力に私は敬意を表し、なりゆきを見守りたいと思う。

しかし野間氏は一方では、私が考える文学の自律性は「私たちが考えている文学の自律性と内容をことにしている」ことを指摘する。むしろ、私が文学の自律性を口にしながら、その内容を説明していないこと、「文学の自律性の内容、またその考え方そのものが現在大きく変ろうとしていることに対して、十分考えつくしていない」ことを指摘し、したがって私のいう文学の自律性は「ただ政治から自分を区別するということのなかに働いているだけであるように見える」としている。そして野間氏自身の文学観から、文学の自律性の内容を積極的に提示している。それは何かというと、自律性は文化の各領域に孤立してあるのでなく、「各領域分野にわたった展望をもって、その連絡をつけ、その系統と相互影響を考えながら、全力をだす」ことによって創造されるものであり、「新しい魂の創造運動としてもっている自律性である」。「革命運動と文学運動との……いずれをもつらぬいて動く思想の改造そのものに責任をも」つことである。したがって「国民的な日本改造運動なくして、民族解放は実現されないのであり、それに相互責任をもちえない文学などは、国民文学ではないのである」。「私たちが国民文学運動を日本の思想改造運動の一つとして考えようとするのは、日本文学をただ文壇文学から解放するというだけではなく、日本人の認識感情のすべてを根底からかえることを考えるのである。」

この野間氏の考え方に、私はまったく同感である。文学の自律性とは、そのようなものでなければならない。私が文学の自律性をいうとき、政治と文学を実体的に区別したような印象を野間氏に与えたとすれば、それは私の説明が足りなかったからであって、私はそう考えているわけではない。私は、政治と文学とは機能的に区別しなければならないことを主張しただけである。文学は政治を代行しえず、政治は文学を代行しえない。目的は全人間の解放であり（それを野間氏は思想というコトバであらわしている）、その目的にたいして政治と文学は、それぞれの側面から責任を持たねばならぬのである。小説を書くことも、一方では政治行為であり、綱領の文章表現は文学的行為である。それぞれの機能を責任をもって果すことによって、目的のために有機的に結ばれたものが、真の自律性である。

だが、私はまだいくらか野間氏に不安をもっている。それは、民族の独立と国民的解放とが、結合した形で野間氏にとらえられていない点である。民族の独立だけが優先しているように見える。それが、政治のプログラムをそのまま文学に適用したという印象を私に与えるのである。「私たちが竹内氏に私たちが手段としての国民文学を考えていると少しでも思わせた」のは、そのせいであって、その疑いはまだ私から消えない。民族の独立という高度の政治目標は、けっして民衆の生活から直接に引き出されるものではない。「日本民族全体の魂を解放する」ことによって、結果として結集されるべき願望である。少くとも文学的にはそうである。「魂の教師」は押しつけ教育をやってはならない。その押しつけの気味が感じられる。そしてそれは野間氏の私への批判の第二点にはっきり出ている。

「竹内氏はまた私たちの主張する国民文学は、『自我の確立の文学』を含みえず、封建制とのたたかいを回避しているといっているが、はたしてこの批判は正しいだろうか。私たちの文学が民族解放の綱領を文学の面で具体化し、それを文学の面でかちとることをめざしていることについては、すでにのべたが、そのような文学がどうして封建制との戦いを回避していることになるだろうか。植民地従属国における革命方式と帝国主義国における革命方式のちがいを明かにし……」

この叙述はあきらかに、日本共産党の綱領から借りたナマの知識で書かれている。文学の自律性についての、確信にみちた、ひびきの高いコトバとくらべると、まったく別人のようである。文学者としての野間氏は、このような没個性の文章が書ける人ではないが、それがこのような文章を書き、その矛盾を自覚していないことに、私は党員芸術家の悲劇を見る。これは作家論の領域になるので、いまはこれ以上述べない。私は綱領を引用して悪いというのではない。文学的に処理されていないのがいけないのである。

「民族解放革命を遂行することによって形成される日本国民は、すでにその民族の全内容を実現して行く可能性をもっているのである。そしてこのような国民の形成の過程は全く日本独自のコースをとる。」これは正しい。しかし「日本の封建制とのたたかいは……所謂近代化のコースをとらずにはたされる」というのは正しくないと私は考える。これは野間氏と論争する性質の問題でなく、日本共産党の新綱領、およびそれから導き出された「文化テーゼ」を改めて相手にえらぶべきだろう。

屈辱の事件

私はかねて、自分なりに八・一五の記録を残したいと考えていた。これほど大きな事件に、もう二度とぶつかることは生涯にあるまい。私の後半生は八・一五から出発している。いや、前半生も八・一五によって意味づけられるようなものだ。八・一五は、影のように全体をおおっている。八・一五を考えることなしに、自分についても、民族の運命についても、考えることはできない。

八・一五は決定的に重要な事件であって、その重要さが、これまで、自分だけの記録を残したいという私のこころみを、たじろがせてきた。たじろぐことで、それはますます困難になった。年がたつにつれて、困難は加わり、あらためて立ち向うためには気力が必要になってきた。その気力をやしなうために、新しい体験を導入する方がいいのか、それとも、イキナリ八・一五の想起をはじめる方がいいのか、どうも私にはよくわからない。

ともかく、メモをとることだけは、やっておこうと思う。以下は、メモをとるためのメモ、といった程度のものである。

八・一五は私にとって、屈辱の事件である。民族の屈辱でもあり、私自身の屈辱でもある。つらい思い出の事件である。ポツダム革命のみじめな成りゆきを見ていて、痛切に思うことは、八・一五のとき、共和制を実現する可能性がまったくなかったかどうかということである。可能性があるのに、可能性を現実性に転化する努力をおこたったとすれば、子孫に残した重荷について私たちの世代は連帯の責任を負わなければならない。

記録によると、政治犯の釈放の要求さえ、八・一五の直後に自主的に出たものではなかった。私たちは、民族としても個人としても、八・一五をアホウのように腑抜けて迎えたらしい。朝鮮や中国にくらべて、これはたまらなくはずかしいことである。明治の私たちの祖父にくらべてさえはずかしい。日本の天皇制やファシズムについて、社会科学者の分析があるが、私たちの内部に骨がらみになっている天皇制の重みを、苦痛の実感で取り出すことに、私たちはまだまだマジメでない。ドレイの血を一滴、一滴しぼり出して、ある朝、気がついてみたら、自分が自由な人間になっていた、というような方向での努力が足りない。それが八・一五の意味を、歴史のなかで定着させることをさまたげているように思う。

ファシズムが猛威をふるったことが、私たちを力なくさせたのだが、朝鮮や中国では、ファシズムの猛威が逆に抵抗の力を強めている。だから、ファシズムによって骨ぬきされたことについての、私たちの道徳的責任は、そのことで解除されない。八・一五のとき、人民政府樹立の宣言でもあれば、たといかぼそい声であり、その運動が失敗したとしても、今日の屈辱感のいくぶんは救われたであろうが、そのようなものは何もなかった。高貴な独立の心を、八・一五のときすでに、私たちは失っていたのではないか。支配民族としてふるまうことによって独立の心を失い、その失った心のままで、支配される境地にのめりこんでしまったのが今日の姿ではないだろうか。

毛沢東は、抗日戦争の勝利の理由づけの一つとして、副次的なものではあるが、日本の人民の抵抗が戦争を失敗におわらせることを期待している。毛沢東の戦争理論は正確であったが、この一点では彼は過重評価のあやまりをおかした。日本のファシズム支配の実態を洞察することができなかった。毛沢東は外国人だから仕方ないとしても、戦争末期に延安にいた野坂参三氏がやはり、楽観的な見方をしていた。ガンサー・スタインの『赤い中国の挑戦』（この本は残念ながらまだ訳されていない）がそれを記録している。この楽観論がポツダム革命の挫折につながっていることは否定されない。八・一五を屈辱の事件におわらせたものと、この楽観論とは無縁でないだろう。

丸山真男氏が、いつか座談会で、こういう話をした。丸山氏は国内の軍隊にいて、ポツダム宣言を新聞でよんだ。「基本的人権は尊重せらるべし」という一句にぶつかって、ショックを感じた。「基本的人権」という、何年にも見たことのない活字を見たことで、顔の筋肉が自然にゆるんでくるのを、おさえることができなかった。相好をほころばせたところを人に見られたら大変なので、感情を殺すのに苦労した、というのである。

この話をきいたとき、私は感動した。そして自分をふりかえってみて、そういう経験をもたなかったことを残念におもい、また後悔した。私もたしかに、ポツダム宣言は新聞で見たのである。漢口で出ている日本新聞で、それが一日か二日おくれて配達されてきた。ポツダム宣言を見たときの印象は、よく思い出せない。型にはまった戦争記事ばかりの間に、そこだけ風が吹きぬけているような、異様な感じがしたことをバクゼンと思い出すが、宣言の全文がのったのかどうかも、記憶がたしかでない。ただ、それを見たとしても、自分とは何の関係もない、遠い世界の出来事という感じがしたにすぎなかった。

これには、国内の軍隊と、在外駐屯軍のちがいということもあるだろうが、それぱかりではないような気がする。やはり抵抗の姿勢に関係があるのではないか。もう一つ、政治知識——というより政治感覚のちがいということもある。私は、あのような形の終戦を予想することができなかった。

私のいたのは、洞庭湖にのぞむ岳州の町である。そこに私の属する独立混成旅団の司令部があって、その報道班に、私は一等兵として勤務していた。報道班の長は将校だが、これは営内に起居している。下士官二名と、兵数名が、営舎の外側にある小さな建物に、中国人を二人使って、いっしょに住んでいた。

独立混成旅団というのは、もっぱら駐屯用で、作戦の主力にはならない。装備も悪く、兵隊の質も良くない。私のような老兵（当時三十五歳）がたくさんいた。将校もパリパリの現役は少い。だから、私の体験は、こういう軍隊の性質にいくらか制約されている。

もう一つ、報道班ということがある。これは情報宣伝と、渉外の役目をもった機関である。ここに属していると、外の世界との接触がなみの兵隊より自由であるから、上からの圧力がまっすぐに来ないで、屈折して、変形してやってくる。これも私の体験を、いくらか特殊にしている要素ではないかと思う。

司令部には、ラジオは一つしかなかった。報道班の兵隊の一人が、いつもそのラジオのニュースをきく役である。十五日には、天皇の放送があるというので、そのインテリ出身の私とおなじ老兵が、礼装して旅団長室へラジオを聞きにいった。私は暑をさけて、室内にいた。やがて、礼装の兵隊が汗をながして帰ってきて、ポソッと一言、小声で私に告げた。フン、と私は答えた。

彼がなんといったか、どうしてもいま思い出せない。ともかく非常に短い一言であった。コトバは必要でなかった。手ぶりでも、表情でもよかったのだ。AかBであった。なみの兵隊よりいくらか自由であることが、私たちに以心伝心による状況判断を可能にしたのである。

その日の午後、私は複雑な気持にひたっていた。よろこびと、悲しみと、怒りと、失望のまざりあった気持であった。当時の心境は、今日の私にとって、まだ足を踏みいれてない曠野のように無辺の広がりをもっている。私がなみの兵隊より孤独でいられたことが、そうさせたわけだ。

天皇の放送は、降伏か、それとも徹底抗戦の訴えか、どちらかであると思った。そして私は、後者の予想に傾いていた。ここに私なりの日本ファシズムへの過重評価があった。私は敗戦を予想していたが、あのような国内統一のままでの敗戦は予想しなかった。アメリカ軍の上陸作戦があり、主戦派と和平派に支配権力が割れ、革命運動が猛烈に全国をひたす形で事態が進行するという夢想をえがいていた。国内の人口は半減するだろう。統帥が失われ、各地の派遣軍は孤立した単位になるだろう。パルチザン化したこの部隊内で私はどのような部署を受けもつことになるか、そのことだけはよく考えておかなければならないが、などと考えていた。ロマンチックであり、コスモポリタンであった。天皇の放送は、こうした私をガッカリさせた。何物かにたいして腹が立ってならなかった。解放のよろこびも、生き残ったことのよろこびも、はじめはあまり実感にならなかった。私は当時、相当に非人間的であったと、いま考える。

私が岳州にいたのは、三カ月ほどである。その前は、岳州から徒歩で三日、船で二日行程の小さな港町にある大隊本部の宣撫班（これは報道班を小さくしたようなものである）に、ただ一人の兵隊として、気ままに暮らしていた。大隊本部づきの将校や兵隊たちから重宝がられるのを利用して、風当りを少くして、のんきに生きていた。だから、司令部に転属になったときは、また風当りが強くなるのかと思ってウンザリした。

大隊本部より旅団司令部の方がはるかに官僚主義が強いことも、私を気づまりにさせた。そこで、なるべく用事をつくって気ばらしに町へ出ていった。同文書院出の私より中国語のうまい兵長がいて、彼がよく私をかばって、町を案内してくれた。岳陽楼へいったり、天主教会へいったり、町の有力者を訪問したりした。学問ずきな人も訪ねてまわった。

同文書院出の兵長は、そういう民間人との往来を、ひそかに私に誇ってみせたいらしかった。しかし、意外にも私たちは歓迎されなかった。不在のことが多いし、たまに会えても、話題がはずまない。どうも私たちの訪問が煙たがられているソブリであった。兵長は、私への手前、気まずそうに言いわけしたが、私も彼が気の毒であった。そして終戦のときまで、その理由がわからなかった。

私の元いた大隊本部のある町には、朝鮮人が二人住んでいた。一人は隊づきの通訳、一人は写真屋である。その住宅はどちらも将校たちのタマリになっていて、毎日のように宴会があった。通訳の方は、情報がかりの将校に食い入っていた。彼は終戦の前の年に、休暇をとって長い旅行をした。州を通過して、どこかへ去っていった。私が訪問すると、写真屋は、どうも商売がうまくいきませんでねえ、というようなことを、さりげなく私に話しかけたが、私はその表情の裏に冷たいものを感じた。女たちのハデな衣裳が取り散らしてあるなかで、サイダーか何かを出してくれた。妙にそわそわしていた。この理由も、終戦までわからなかった、彼らが、どういう理由をもうけて部隊本部から退去の許可を手に入れたか、これはいまでもわからない。

しかし、どういう理由をもうけたにせよ、日本軍の将校をだますことぐらい、彼らにとっては朝飯まえだったろう。圧迫されている生活のなかで身につけたチエには、圧迫者が逆立ちしても及ばないものがあるのだから。

集団生活をしていなかった私には、八・一五のショックを兵隊の感覚でとらえることはできない。ただ、見たりきいたりしたことのなかで、いまでもおぼえている二三の事例をあげておく。

ある小さな分遣隊の話である。敗戦の報がもたらされたとき（たぶん十五日より数日おくれていたろう）隊員全部が号泣したそうである。彼らはまる一日号泣した。それから寝てしまった。翌日、目がさめると、彼らは一斉に帰国準備の身支度に取りかかった。

報道班に属していた民間人通訳が一人いて、彼の体験はこうであった。彼は中国人のなかにはいって、純中国的に暮らしていた。敗戦の報をきいたとき、彼は、これでもう太陽がふたたび上ることはあるまい、と思ったそうである。そして寝た。翌日、目がさめてみると、太陽はまたも上っているではないか。

この話は、彼が報道班へ来たとき、笑いながら私たちに語ってくれた事実談である。私も笑いながらきいたが、だんだん笑えなくなった。侵略者に自由はない、ということをこれほど痛切に私に教えてくれたものはなかった。彼は純情な青年で、日本の国策便乗型の専門学校を出ているのである。中国人のコドモを自分の子のようにかわいがっていた。将校とはよくケンカした逸話の持ち主である。

終戦後、間もなく、私は営内の医務室へいった。いつものように、患者がむらがっていた。若い、幹候あがりの軍医が、突然どなった――おまえたちのような弱い兵隊がいるから、戦争に負けるんだ。その声は、どなったというより、うめき声に近かった。「敗戦」というコトバをそのとき、軍隊ではじめて、私はきいた。軍医は、ひとりでどなっているが、兵隊は黙々としている。軍医の孤独の心が私にしみていった。兵隊たちにもしみていったにちがいないが、兵隊は無表情であった。

しかし、将校のなかには、もっと上わ手がいた。これは私の元の中隊長である。私と前後して、大隊本部付きとなり、さらに旅団の参謀になった。東京郊外の有名な神社の神官の息子で、大学を出ている。私はこの男から、入隊早々に、帯剣でなぐられ、土手の上からつきおとされた。中隊長が直接兵隊に手を加えるなど、普通はないことだが、この男は横紙やぶりのところがあって、それを平気でやった。その横紙やぶりのところが私はすきだった。しかし、偏執狂的な残忍なところはきらいだった。彼は、二等兵の私を作戦のときいきなり命令受領に任命したりした。

終戦後も、軍隊の規律は急にはくずれない。ある朝の点呼のとき、彼が当番士官であった。彼はマントをはおって（夏だからマントはおかしいが、私の記憶ではそうなっている）整列の前にあらわれた。そして例によって軍人勅諭の斉誦になると、彼は異例なよみ方をした。

「我国の稜威《みいづ》振はさることあらは汝等能く朕と其憂を共にせよ」

これは私にショックであった。単なる修辞として何げなくよみ過ごしていた勅諭に、この緊迫した表現がふくまれていたことを知って、明治の精神を改めて見なおした気がした。

しかし、この将校が私にこっそり「民主主義とは何か」とたずねたときは、私はユカイになった。私は「五ケ条の御誓文」を引用して、自分でも不確かな民主主義の定義を説明してやった。

憲法擁護が一切に先行する

平和憲法についてのアンケート
〈一、憲法の中心点はどこか。
二、新憲法が戦後アメリカから与えられたという通説と現在それを守ろうということは矛盾しないか。
三、護憲運動にどういう形で参加するか。
四、今後の護憲運動に希望すること。〉

一、主権が国民にある（したがって官吏は国民にサービスすべきであり、天皇はただの象徴である）ということ、基本的人権（思想の自由やそのほか一切の自由）は侵してはならないということ、しかし、その自由は国民がみずからの努力によって守らなければならないということ、国際紛争の解決のために武力を使わないということ。

二、矛盾を感じました。憲法制定の手続については大いに不満を感じたし、今でも感じています。あれができたときには、なんだ、こんなものを勝手に作りやがって、という気がして、念を入れて読んでみる気はおこりませんでした。

ところが、勝手に憲法を作ったやつが、だんだんその憲法をジャマにし出した。自分で憲法を作っておいて自分でそれを守ろうとしない。この虚偽に腹が立った。憲法擁護の気持はそのようにしてだんだんに起ってきたのです。

アメリカから与えられたという点は、そう気になりません。旧憲法は天皇から与えられたのです。アメリカだろうが天皇だろうが、変りないじゃないか、というのが正直のところです。どっちみち、人民の力で作ったものじゃない。敗戦のときは、たしかにまだ私たちに憲法を作るだけの力がなかったと思います。今はその力があるか。私はあると思う。憲法を作るだけ人民の力が伸びてきている。この新しい憲法を作る力が土台になければ、いまの憲法を守ることはできない。

新しい憲法を作る力はあるが、わざわざそんな手間をかけないでも、げんに日本国憲法があるのだから、それで間に合わせておいていいのじゃないか、というのが私の考えです。日本国憲法を作ったアメリカは、作ったことを後悔している。押しつけられたことを国民にかくして、自分の手柄のようにして国民に押しつけた支配者たちは、はじめからそれを守る気などなかったのだ。ゴマカシだったのだ。日本国憲法は、アメリカも捨てたし、日本の支配者も捨てている。いまでは日本国憲法は、アメリカのものでもなければ、日本の支配者のものでもない。だから日本の人民が、それを自分のものだと宣言すれば、それは日本人民の作り出したものになる。

私もいまの憲法に、いくつかの不満を感じます。文体がホンヤク調だし、カナヅカイが古い。そのほかにも改良したいところがある。しかし、いま急に改良はできない。いまは育てる方に全力を注ぐべきである。敵はこの憲法を日本人民から奪おうとしているのだから、少々の不満にこだわらずに日本人民の力でこれを守るべきである。それを守り通すことによって、おのずから作りかえる時期が来るでしょう。

三と四、私は憲法擁護をもって、自分の一切の行動に先行するものと考えます。私は研究と教育と言論発表を職業にしているが、これらすべてが憲法という大目標に向って調整されるように、自分の生活を律していきたい。憲法は生命に優先すると考える。

いま憲法改正の陰謀が行われているが、どうせ現行憲法より悪くなるにきまっている。旧憲法に引き戻そうとするのです。旧憲法下で私は人間らしく生きることができなかった。新憲法を「与えられた」ときの解放のよろこびは忘れられない。もう一度、旧憲法下に引き戻されるのは、私は死んでもイヤです。

憲法擁護のための提案を一つ書きます。国民がだれでも日常憲法が目にふれられるように、いろいろの形で憲法の条文を書いたものを配布したらどうでしょう。前文と、重要な条文だけでいいのです。福音書をくばるようにしてくばったらどうでしょう。解説も何もいらない。出版社が連合してやれば、それはできるでしょう。学校の教室に書いて貼ってあるのを見たことがあるが、あれももっとやったらいい。日常目にふれることが大切です。むかし小学校で教育勅語を暗誦させられ、軍隊で軍人勅諭を暗誦させられたものだが、あの方法を有効に使うべきではないか。とくにこのことを憲法擁護国民連合と雑誌『平和』に望みます。

吉川英治論

文学は、大衆のものとならなければいけない。この根本要請を疑う人はいないだろう。ところが、それが実現しないのはなぜか。日本には、純文学と大衆文学（通俗文学）という別々の分野があって、統一した国民文学の出てくる道がふさがれているからだ、というのが大体の定論である。それではそれはなぜか、そして国民文学を作り出すためにはどうしたらいいか、という問題になるわけだ。それを吉川英治を例として考えてみたい。

純文学作家のなかで比較的大衆性をもつ谷崎潤一郎については、多くの批評が書かれたが、それとくらべものにならぬ多数の読者をつかんでいる大衆作家の吉川英治については、批評らしい批評が書かれたことはない。二、三年前に職業批評家でない武田清子の書いたのが私の記憶に残っている程度だ（武田清子「二つの生活圏」旧『思想の科学』一九四八年二月）。職業批評家の目から見る谷崎と吉川とでは、月とスッポンほどにちがう。谷崎に芸術の問題を認めるようには吉川にそれを認めない。そして大衆性というものだけを抽象してくる。これは職業批評家の偏見だと私は思う。吉川文学のもつ大衆性は、その芸術性と離れたものではなく、そしてその芸術性は谷崎文学の芸術性とも共通だと私は考える。

読者の立場は、分析的でないから、批評家のような偏見をもたない。おもしろいということ、つまり芸術的感動という等質のものから作品を見る。かれらには、吉川も谷崎もモーパッサンもトルストイもおなじものだ。こういう素朴な読者心理を批評家はバカにするが、じつはバカにする方がまちがっている。読者を予想しない作品はありえない。作品が実現されるのは読者との共感の場においてだ。その場にあらわれたものが批評の対象であり、同時に批評の出発点をなすところの作品的現実である。印象批評とよばれる主観的批評（かりにそういうものがあるとして）がそうであるばかりでなく、客観的批評、あるいは科学的批評とよばれるものもそうだ。方法が科学的であることは、対象の不限定性（心理的現実）を変えはしない。作品という実体的なものを批評の対象として予想するのは、批評家の職業意識がうんだ幻想である。それは抽象された観念である。したがって、その抽象に遡らなければ批評は自立しえない。観念によりかかる批評家は、素朴実在論者である点で、読者よりも素朴である。読者はあらゆるものに芸術的感動の契機をとらえるが、批評家の目には特定の作品しか映らない。

これは、新しい意見でも何でもないので、いい古された、至極あたりまえのことにすぎない。そのあたりまえのことが、あたりまえのこととして通用しないことに問題があるわけだ。批評の存在の仕方が問題である。日本では、批評は文壇というギルド社会に従属している。文壇は、純文学という手工業製品を自家消費のために単純再生産している。批評家は、その職人に寄食して、職人的な勘で、仲間同志のコトバでいいあっている。こういう自足的な、閉された社会の内部にいるかぎり、外とのつながりは出てこない。純文学という商品の特徴は、それが自家消費のための生産であること、生産者が同時に消費者である点にある。その純文学に寄食しているのだから、批評にも独立性があるわけはない。

ところが、一般読者の立場からすると、商品がどのような目的と経路で生産されるかということは、作品を鑑賞する上に直接の問題にはならない。それが文壇用語で純文学とよばれようが、大衆文学とよばれようが、そんな分類はどうでもいい。問題は、よんでおもしろいことだ。つまり、自分の芸術的規準に照らして芸術的であることだ。ギルドに寄食している批評家の芸術的規準に照らしてでない。もちろん読者層というものは一様ではないので、講談のすきな人もいれば、翻訳小説のすきな人もいる。なかには文壇的な純文学のすきな人もいるが、その場合は、それが純文学であるからすきなのではなく、たまたまその純文学作品が芸術性をもっているからである。大衆は、寄食的な批評家のいうような芸術性を理解しないが、かれら自身の芸術的規準に照らしてあらゆる作品を評価している。ただ、そのような無名の批評は、ギルド内部で商品価値をもたないから、批評家にとらえられないだけだ。

ギルドの内部にいる批評家は、その寄食性のために、大衆のもつ芸術的感覚というものが正しく見えない。そこで、芸術性と大衆性を別のものとして表象するようになる。芸術的にすぐれていることと、よくよまれることとは、本来的に一致しないと独断している。芸術性をもつ純文学と大衆性をもつ大衆文学という観念上の区別は、このような分裂した意識の自己表象である。したがって、もし純文学が大衆性をもつことを希望するなら、その大衆性を外から加えなければならず、そのためには芸術性をギセイにしなければならない、という風に考える。しかし、このような考え方は本末顚倒であって、純文学が大衆性をもつために必要なことは、それが芸術的になること、そのために文壇という自家消費の生産機構をこわすことである。芸術性をギセイにするのでなく、真の芸術性を獲得することだ。いいかえれば、文学を国民に解放することだ。（二十年前に書かれた中野重治の「いわゆる芸術の大衆化論の誤りについて」は、制作意識の側面からこの問題を正しくとらえている。）

私は、読者の数が芸術的価値をはかる規準だといっているのではない。短い時間をとれば、この両者は一致しないのが普通である。先駆的な芸術は、その先駆性のゆえに当代に認められないが、そのことは芸術家の光栄であって、卑俗な芸術家よりかれが劣っていることにはならない。一時的な人気は作品の価値を左右しない。流行は人為的に作り出されることが非常に多いから。ただ、この逆は成立しないので、読者が少いから作品の価値が高いということには絶対にならない。よくフランスの例などを引いて、すぐれた作家は大衆の低い理解力を問題にしないということで純文学を弁護する批評家がいるが、この類比はまちがっている。なるほど、作家の制作意識の側面からいえば外見上はたしかに似たところがある。純粋の創作的衝動というものは、つねに現状の否定から出発するから、そこには孤立の意識がつきまとっている。現状との妥協において読者に媚びることは芸術家としての自殺行為である。だがそれは、読者を変革することによって多数を獲得しうるという期待を含むものであって、いわばその少数者は可能的多数者としての少数者であるから、日本の場合とはちがう。日本の純文学の場合には、現状を変革するという期待を含まぬ、自足圏内でなれあっている少数者にすぎない。おなじように見える孤立の意識でも、まったく反対だ。むしろ日本の場合は、孤立の意識とはいえないもので、多数に媚びることができないから少数に媚びている程度のものだ。したがって、日本の純文学は、一般的にいえば通俗文学よりも通俗的である。

問題を吉川英治に戻していえば、かれの作品がよくよまれるのは、その芸術性においてよまれるので、芸術性と離れた大衆性においてよまれるのではない。多数の読者に媚びるのが通俗作品で、少数の読者に媚びるのが芸術作品であるという区別は、文壇ギルド内部でしか通用しない価値判断である。むしろ私は、吉川の作品に、純文学とよばれる作品の多くよりも、いっそう深い芸術性を感ずる。かれはけっして、批評家がいうように、読者に媚びてはいない。非常に多くの部分で媚びているにしても、ある根本の一点では、読者に媚びるのではなくて、逆に読者を引きずっている。そういう一点があるということで、そのようなものの何もない純文学作家(かれらの多くは同時に通俗作家だ)にくらべて、かれの方が芸術的である。その一点、つまり吉川文学の芸術性の根本については、私にはまだ判断が下せないが、おそらくイデオロギイ的に見れば、そのは日本的なファシズムのイデオロギイにつながるものではないかと予想する。

こういうと、そんなことはわかっている、戦争中に大衆文学がファシズム宣伝の武器であって、吉川英治がその最大のイデオローグであったことは自明だ、という人があるかもしれない。私はその人に反問したい。では、なぜ吉川英治を研究しないのか。なるほど、民主主義文学と自称する陣営にいる批評家は、吉川を反動ときめていて、それと戦わねばならぬことを口癖にしている。しかし、だれが、いかにして戦うのか。戦うためには敵を知らねばならぬが、かれらは吉川を研究しているだろうか。太宰治はデカダンであり、吉川は反動であるという風に、かれらはレッテルをはることは知っているが、どうも研究しているようには見えない。日本でいちばん読まれる吉川英治を捨てておいて、自分たちの仲間だけでいちゃついているやり方を見ていると、かれらは本気でファシズムと戦う気がないのではないかと疑いたくなる。まさか、日本ファシズムの根が今日根こそぎになったと楽観するほど、かれらはバカではあるまい。

もっとも、かれらの心理に立ち入ってみれば別のことがいえる。かれらは吉川に芸術を認めない。あるいは、ほとんど認めない。それは大衆の低い意識に媚びるだけだとする。そこで、啓蒙によって大衆の意識を引きあげることによって、吉川の読者は問題なく民主主義文学に移行する、と考える。私は、この考え方は甘いと思う。吉川の文学は、かれらが独断するように、大衆を低い意識に押し止め、それを利用するといった性質のものではない。もしそのようなものなら、かれの作品が長期間にわたって広くよまれるはずがない。吉川は逆に、大衆の意識を引きあげようと努力しているのだ。しかも額に汗して努力している。私がかれに芸術家を認めるのはその点だ。これはかれの経歴からもいえることであって、新講談から出発して、ほとんど外形上は国民文学に近い歴史小説の型を作り出したまでの作家的成長は、日本では、漱石を除けば、近代以降には類例がない。日本の作家は、芸術家から出発して戯作家に落ちつくという逆コースが常道だ。もし吉川が、時世に便乗してファシズムの仮着をきたというだけなら、戦争中左翼作家を含めての一連の純文学作家たちとおなじことだから、今日の民主主義批評家が甘く見てもいい。だが私はそうは思わない。吉川は、思想と芸術の乖離を意識するほどには芸術家であった。そのことを私は作品の印象から認める。純文学作家は、思想と芸術を切りはなすことで、戦争の問題を観念的に処理したが、吉川のなかの芸術家は、観念によりかかることを自分に許さなかった。かれは問題を芸術の内部で追求した。だから吉川のファシズムは、思想や看板ではなく、芸術そのものとして出ている。いわばかれはファシズムの芸術家として珍しくホンモノである。

行きがかりで吉川を少しほめすぎる形になったが、私は何も吉川が大作家であると思っているわけではない。かれの目標は私から見てあまり高くないし、天分も乏しいように見える。芸術家としての吉川は、『宮本武蔵』『親鸞』以後は下り坂である。ただ、私のいいたいのは、かれに芸術家を認めないのは批評家の偏見だ、ということである。もちろん、芸術の問題というものは、最高の芸術を問題にすることで一切の問題がそのなかに含まれる性質のものである。最高の作品は、それを支える無数の作品の上に立って、その全体を含んでいる。だから批評家は、最高のものだけを扱えば一切を扱うことになる。吉川を扱わなくても、吉川より高いものを扱うことによって吉川を扱ったことになる。これは一般論として正しいのであるが、それには最高のものが存在することが前提されなければならない。その時代なりその社会なりが、最高のものを生みうるように構成されていることが条件だ。つまり開かれた社会に妥当することだ。数人の知識人を扱うことでフランス精神は了解されるだろう。魯迅を知れば「文学革命」はわかる。しかし日本には、そのような条件がない。谷崎や志賀をいくら追求してみても、そこからは吉川は出てこない。かれらは部分社会を代表するだけで、全体社会を代表しないから。谷崎が吉川より芸術的だという判断の保証は、純文学に寄食している批評家の主観において以外には与えられていない。これは谷崎のかわりに宮本百合子をもってきても同様である。組織労働者が吉川文学の愛読者であるという現実を甘く見てはならない。純文学と大衆文学（広い意味で）が、芸術的段階の差をあらわすものなら、国民の文化水準を引きあげることで大衆文学は消えるだろう。しかし私は、そんな楽観はできぬと思う。そういう楽観心理は優越者の心理である。民衆をバカにした、人生のつらさを忘れた、独善的な寄食根性である。吉川英治のもっている庶民的な魂にくらべて、それはなんと弱々しいことか。むしろそのような寄食根性、紙の上で大衆文学の反動性を攻撃する指導者意識、自己分裂を苦痛において自覚せぬ弱い精神が、一方で大衆文学を栄えさせているともいえるだろう。大衆文学と純文学のあいだには、はっきりした断絶があるので、その断絶を認めなければ問題の解答への手がかりは出てこない。

そのような断絶は、文学だけでなく、多かれ少かれ一般の芸術に共通である。映画などは、文学ほどはっきり形としてあらわれていないけれども、やはりそれはある。芸術だけではない。学問にもそれはある。日本文化全体にそのような断絶がある。そしてそれは、日本の社会構造に結びついている。

このことは、ちかごろになって自覚されてきた。日本文化が分裂していて、国民的統一に立っていないことを、たとえば蔵原惟人は、岩波文化と講談社文化の対立という形でとらえた。これは蔵原の発見というよりも、一般に自覚されたことを蔵原が定式化したというべきだろう。岩波文化と講談社文化ということは、文学でいえば、純文学と大衆文学ということになる。この両者は隔絶していて、どちらがどちらを含むとか土台にしているというような関係ではない。つまり高い低いの関係ではない。しかしまた、それぞれ実体的なものとして孤立しているわけでもない。日本は純粋の封建社会ではなく、明治になって一応は形式上の国民的解放を行っているから、それだけその隔絶が複雑化されている。ある階級なり部分社会なりがある文化をもつという風に、割り切った形で出ていない。これは個人についてもいえるので、マルクス主義者が講談本を愛読したり、自然科学者が家相を気にするような混乱は珍しいことでない。だから、岩波文化と講談社文化ということは、象徴的ないい方であって、いわばそれは表と裏の関係である。岩波文化があるから講談社文化があるのだ。それは日本文化の二重性格性をあらわしている。

この日本文化の断絶――二重性格性ということは、その文化を担う人間――社会層のあいだに分裂があるということになる。社会学者たちは、この点で、別の観点から問題を出している。たとえば丸山真男は、ファシズムの発生地盤である中間層を分析して、そこに断絶があることを認めた。かれはインテリと疑似インテリというコトバでその断絶をいいあらわした。インテリと疑似インテリとは相互に無関係であって交流しない。丸山は、ドイツのファシズムと日本のファシズムの性格のちがいから、このような見方を出してきたのであって、そのとらえ方を私は鋭いと思う。もっとも、インテリと疑似インテリという類型的なとらえ方は、やはり岩波文化と講談社文化の関係とおなじように、表と裏の関係において見るべきであろう。そうでなく、実体的なものに固定して眺めると、問題の実践的解決への主体的把握は出てこない。

なぜ日本で国民文化が形成されなかったかということは、歴史的に研究しなければならぬ重要な課題である。これには社会史学者や、社会心理学者たちの協力をえることも必要である。民俗学者や言語学者の協力も必要だ。ジャーナリズム機構の分析や、実態調査も必要だ。しかし、何よりもまず必要なことは、そのような研究を実践的解決へ向って組織する能力、つまり分裂を自己の苦痛において感じとる精神である。そのような精神は、外から与えられるものではない。といって、どうして作り出されるかも私は知らない。ただ私は、それが作り出されなければ自分が滅亡するような予感がする。文学についていえば、自然主義から『白樺』の人道主義へかけての時期には、ある種の国民文学への芽生えがあったと私は思う。この芽生えは、武者小路実篤のダラクが象徴するように、みじめな形でつぶされた。日本のブルジョアジイの相対的な弱さがそれを条件づけた。ブルジョア文学のダラクを拒否することから出発したプロレタリア文学運動は、一時、ブルジョア文学が捨てた国民文学建設の課題を正しく解決するかのように見えた。しかしこれも失敗した。日本文化の二重性格性が自覚されていなかったために、中野重治が指摘したような、大衆性を卑俗さと思いちがえる運動の誤りに陥った。これには、ブルジョア文学の遺産が乏しかったということも原因しているだろうが、その乏しい遺産さえ活用できなかったことで、やはりそれは力の弱さというほかはない。その力の弱さが、一方で吉川英治に代表される大衆文学を栄えさせたのである。

広い意味で大衆文学というとき、イデオロギイ的に見ると、そこに二つの系統が区別される。封建的なものと、ブルジョア的なものとである。文壇用語で大衆小説とよぶものと通俗小説とよぶものが、だいたいそれに当る。もっとも、この用語は、時代物と現代物という題材の区別からと、および発生的な区別から来ているので、厳密にはイデオロギイ的な分け方と一致しない。大仏次郎などは、ブルジョア的なイデオロギイで時代物を書いている例だ。また、イデオロギイ自体がいろいろのニュアンスをもっているから、一概に割り切ってしまうのも危険である。そのなかで、純粋の封建的イデオロギイを極限に近く出している典型が、吉川英治であろうと思う。そこにファシズムとの結びつきの根拠がある。菊池寛や、大仏次郎や、山本有三のようなブルジョア的な作家たちは、戦争を通じてファシズムに消極的に抵抗しながら屈服していったが、吉川英治は逆にファシズムを組織した。かれの足取りは『宮本武蔵』の成功を頂点として、日本ファシズム運動の発展と平行して作家的に成長している。かれだけは本来にブルジョア的なものを含んでいない。むしろそれを憎んでさえいる。かれのイデオロギイには農本主義的な基調が一貫して強く出ている。しかもそれが借り物でない。その農本主義が何から出ているかということは、吉川文学の理解にとって大切な点だが、私にはよくわからない。戦争中のかれの行動を、人は便乗のようにいって非難するが、私は便乗とは思わない。かれは右翼に媚びたのではなく、右翼がかれに膝を屈したのだ。むろん、吉川にも俗物根性は相当あると見ていい。それはかれの作品の弱点にもなっている。しかし、それは人間的には許されることなので、その底に大地から生えたような頑固さをもっている点で、かれは一連の便乗作家の比ではない。

私は吉川を研究してはいないが、研究したいとは思っている。私が吉川に興味をもつ最大の眼目は、日本ファシズムのイデオロギイが自己形成されていく過程が、形象によって一芸術家の実践のうちに細かく見渡せるということである。それを見るのにかれほど適した人はいない。ファシズムが形態的には中間層の自己主張であるという事実を、如実に示してくれるものとして、かれの作品は宝庫である。一般にかれの作品の主要人物は、庶民的な境遇から身を起して、貧しさや権力の圧迫に抵抗しながら、しかもなお自我をまげずに、わが道を貫くことによって権力に妥協を迫り、その妥協において絶対権力に安んじて屈服する、という経路を辿るらしい。しかも、かれはその人物の内部へはいって、その苦しみを共にし、人生の諸問題になやみ、そのなかから、処世術を体得し、それを足場にして次の目標に迫っていく。人物はすべて類型化されているが、その類型が人間的な裏づけをもっている。

かれは悪人を描かない。悪と見えるものは宿命的なものである。かれの処世哲学は、究極の他力を予想した自力である。絶対権力を疑うこと以外に人間は一切自由だ。かれのモラルは誠実ということで、したがってブルジョア的な卑俗さを許さない。すべて精神的なものは世俗的なものよりも価値が高い。根本の調和を信じ、一切の対立を摂理（キリスト教的でない）と見る。これらの若干の特徴を取り出した見取り図だけからでも、かれがどんなに日本人の心情、ことに農民的なそれをつかみ、その内部からそれを高めようと努力しているかがわかるだろう。かれは、弱いものをいたわるのでなく、逆に立ち上らせようとして必死に鞭打っている。その求道精神が、かれの作家的成功と深く関係している。ただ、かれの場合は、弱いものを立ち上らせるための決定的な契機を欠いているので、そのため最後には権力に屈服するという予定調和の外に出られないのである。これは文学者吉川の制約であるとともに、圧迫されている農民および中間層の自力更生の意欲が不可避的にファシズムの方向にまげられていく歴史的制約をも示している。だから、弱いものが真に救われるためには、予定調和を破る契機を、外から加えるのでなく、予定調和そのものの内部で自力で発見しなければならぬのであるが、これは吉川には不可能だ。しかし、私たちがこの日本文学の課題を解決しないかぎり、吉川のまちがった解決が永久に大衆をとらえるだろう。

花鳥風月

今年（一九五六年）は魯迅が死んでから満二十年、そうすると私が魯迅を研究し出してからも満二十年ということになる。二十年間、休みなく研究していたわけではないので、むしろ休んでる期間の方が多かったが、それにしても、関心は絶えずもちつづけたし、魯迅にふれた文章をポツポツ書いても来た。二十年間、いくらか誇張していえば一日のごとくである。自分ながら、あまり研究が進んだとは思えない。改まって魯迅について発言することに、ためらいを感じる。できれば、もうしばらく沈黙させてもらいたい気がする。

私はいま、岩波版の『魯迅選集』の編集に参加している。この仕事はもう一年以上つづいている。いま別巻の『魯迅案内』が締切り間ぎわというところへ来ている。翻訳の方は三人の分担で、私はごく小部分しか受け持たなかった。去年から病気で、つめた仕事ができない。別巻は、多くの人の協力で出来あがったもので、私は立案と、まとめ役を引受けているだけである。しかし、こういう協同事業に参加していると、そのことだけで私にはほとんど精いっぱいである。改めて発言する気になれぬのは、そういうことも原因の一つである。

そこで、書くとなればどうしても、メモのようなものしか書けない。中野重治流にいえば、「側面の一面」ということになるのだろうが、私のは中野流の気負った「側面の一面」ではない。ほんとうの文字通りのメモである。

日本人が魯迅をよみ出してから、あらかた三十年になる。その間にいろいろのことがあった。一口に言いつくせぬいろいろのことがあった。それについて、私も短い側面観のようなものを書いた(『図書』一九五六年三月号「『魯迅選集』の特色」)。『魯迅選集』の別巻でも、かなりの量をそれに当てている。読者に参照してもらえるとありがたい。

その中での一つに、これは順序次第もなくてだが、たとえば小田嶽夫の『魯迅伝』というのがある。単行本では、これが最初の研究書ではないかと思う。よくできた本である。何回も改版して、今でもよまれている。中国にも訳された。

よくできた、というのは、魯迅の文章を丹念に整理して、再構成してあるからである。そして私は、いささかアマノジャクめくが、その点に問題を感じるのである。魯迅の伝記として、これが日本でいちばんまとまった本である。中国でも、この手のものはあまり出ていないようだ。文章はよみやすく、そしていくらか感動的でさえある。たぶん作者の人柄から来るのだろうが、スラッとして、抵抗を感ぜずに、読者は魯迅という一人の人間を思いうかべることができる。私などには努力しても書けぬ文章である。

それではこれは、伝記として成功しているかというと、どうも私にはそう思えぬ。これが魯迅であると納得する気に、残念ながらなれない。どこがまちがっているか、と問われると困るのだが、つまり、まちがっているとすれば全体がまちがっていると言うしかないのだが、私の不満の点を強いてあげれば、作者は素朴すぎやしないか、文章を信じ過ぎやしないか、文章を、その奥のところで問題にするのでなくて、手前のところで問題にしているのではないか、ということである。文章という、表現という二次的な世界（私はそう思う）に頼りきって、その仮象を現実と思い込んでいるのではないか、ということである。もう一歩つっ込んでいえば、文章の真実と事実とを混同してやしないか、ということである。

伝記は、人が何をしたか、どうしたか、を書くものだろう。相手が文学者なら、何を書いたか、どう書いたかが大切だ。何をしたか、どうしたかを書くためには、何をしなかったか、どうしなかったかを、書く書かないは別として、考えておかねばならぬだろう。かりに魯迅が私小説作家だとしたところで、生活の全部を書くはずはないが、魯迅はおよそ私小説と反対の文学観をもっていた人だし、自分の文章は、たとい自伝的な性質のものでも、事実のままではないと何べんも公言している人である。だからいっそう、このことが問題になってくると思う。『魯迅伝』は、魯迅のいちばんきらいな花鳥風月で魯迅を処理したきらいがある。

花鳥風月は、しかし日本人の心性には向いているので、たとえば一見、花鳥風月には反対のような太宰治の『惜別』にしろ、私はどうも花鳥風月を感じる。これはまた、おそろしく魯迅の文章を無視して、作者の主観だけででっち上げた魯迅像——というより作者の自画像である。たとえば作中の魯迅が、儒教の礼讃をやるなど、かりに留学時代の魯迅の文章をよまなかったにせよ、晩年の文章だけ見ても、儒教的秩序に反抗したくて日本へ留学したとハッキリ書いてあるのに、強引にそれを無視している。この作品を書いたときの事情が、作者に曲筆を強いたという説には、私は同意しない。作者は曲筆のつもりではいないのだ。

戦争中、私は太宰治が比較的すきだったが、復員して帰って『惜別』をよんで、ガッカリした。いい気なもんだ、という気がした。「いい気なもん」に反対のものを私は期待していたのである。

このごろ太宰治に関する評論がよく出るが、だれも『惜別』を問題にしないのはなぜだろう。その人の致命傷にこそ本質があらわれるのではないか。もし、きらいな作品はよけて通るということであれば、これまた花鳥風月ではないのか。

もう一つの花鳥風月は、左翼の人の一部にあるものだ。戦後、たしかに魯迅はよまれ出したし、よみ方が深まってきていることを私は認める。しかし、よまれ出し、よみ方が深まる過程で、一つの混乱があったと思う。それは、中国革命が成功した、中国革命を指導したのは毛沢東だ、その毛沢東が魯迅を尊敬している、というつながりでの、関心のもち方が重っていたことから起った混乱であったと思う。そのよい例が、魯迅の「自嘲」の詩の解釈である。

「眉を横たえて冷やかに対す千夫の指、首を俯して甘んじてなる孺子の牛」という二句が『文芸講話』に引用され、毛沢東の解釈が示されている。孺子（こども）とは人民大衆の意味だ、うんぬん。じつに大胆な、鋭い解釈である。ハッとさせられるような、目のさめるような解釈である。詩のよみ方が、自分の姿勢に関係してくることを否応なく思い知らされ、私などはガッカリしてしまう。

しかし、その詩の原意が、毛沢東の解釈のようなものであるとか、だれでも毛沢東のように解釈しなければならぬとは、どうしても思えない。毛沢東がこのような奔放な解釈をしたことについては、毛沢東の鑑賞眼を私なりに納得はするが、それを自分の解釈にすることはできない。それは美学的に不可能だ。もしそうすれば、魯迅は詩人でなくて、俗物政客になってしまう。だいいち「自嘲」という題名からして、どうするつもりか。

ところが、かなり多くの人が、文学者もふくめて、毛沢東の解釈を、唯一の正しい解釈として人に押しつけようとした。今でもしている。

この詩は、私はすきだ。その私なりの解釈は、別の場所に書いたから、くり返さないが、もし毛沢東の解釈を私が採用しなければならないと仮定したら、私は太宰治ではないが、はずかしくて、すきだなどと言えなくなってしまう。

自分では何もしないで、永久に与えられるのを待っている姿勢、他人の鑑賞によりかかる姿勢は、立場はどうであれ、花鳥風月ではないだろうか。

魯迅をよむということは、花鳥風月をぶちこわす姿勢、自分が作り出すという姿勢を自分でととのえてゆくことと無縁ではないと思うのだが。

中国と私

雑誌『中国文学』のころ

昭和十年に『中国文学』っていう雑誌をはじめたんです。最初は『中国文学月報』という名前で、あとで『中国文学』って変えたんです。中国文学研究会っていうのをつくったのがちょうど一年ぐらい前。そして昭和十年（一九三五年）の四月から『中国文学月報』という非常に薄い、最初は十二ページで、あと少し厚くなって十六ページ、それが五年つづいたわけです。その後で『中国文学』と誌名を変えて、少し厚い雑誌にして生活社という中国ものをだしていた本屋へ最初は発売を委託して、後に生活社発行になったわけです。中国文学研究会編集・生活社発行でそれが三年ばかりつづいたんです。前後八年、その形で、百号ちょっと切れるところまでいったんです。昭和九年に大学をでて、それと前後して研究会をつくって、準備はその前からあったんだけど、大学をでると同時に、研究会の組織活動をやってたわけ。就職しなかったからそれが本職みたいな形になった。それが今やっている『中国』という雑誌とちょっと似てる感じがしますね。たぶん中国という名を雑誌の名にしたのは、日本では『中国文学月報』がはじめてでしょう。あの頃はみんな支那です。『支那』っていう大きな雑誌がありましたし、『満蒙』なんてのもあった。そのほかにも「支那ナントカ」というのがたくさんあったんだけど、「支那」は古くさいし、中国人が支那という言葉を非常に嫌うってことは、文学を通してこっちにはわかっていたので、わざと「支那」を避けて「中国」という名をつけたんです。最初は『中国文学』という題辞を市川に亡命していた郭沫若さんにかいてもらった。二つ書いてくれたうちの一つを題辞に使ったんです。『中国文学』というのが郭さんの字で、その下に明朝活字で「月報第何号」と入れた。いろいろ誤解を受けました。中国というと中華民国のことだと思う人が多いんだな。なにも中国といわずに民国といえばいいじゃないかとか、中国というのはけしからん、支那というべきだとか、いろんな抵抗がありましたけれども、中国側にはそれが非常に好感をもたれて、われわれの雑誌は菊判十二ページの薄い雑誌だけども、向こうへ送ると、向こうの堂々たる月刊誌、日本でいえば『中央公論』とか『新潮』などに当たるようなものを交換にくれましたね。それからこっちが送らないでも、向こうからわざわざ刊行物を送ってくれたり、左翼文学の、当時は左連の時代ですけど、左連系統の刊行物で普通は手にはいらないようなものをずいぶん送ってくれました。それからエスペラントの雑誌だとか漫画雑誌などもね。満州事変後、向こうでは一時非常に漫画がさかんになるんです。風刺漫画ですがね。そういう雑誌はむろん普通は手にはいらないんだけども、ずいぶん送ってくれて、その一部分が残っていたものだから、雑誌『中国』に去年使いました。たぶん日本にはどこにもないだろうと思います。郭さんはずっと市川に住んでいて古代研究をやっていたわけで、最初の『中国古代社会研究』は藤枝丈夫が日本語に翻訳しました。藤枝丈夫というのはペン・ネームでこの人はプロ科の人です。小型時代の『中国』にこの人の聞き書きがのっています。郭さんにはそのほかに甲骨文字の研究などすごく難しい本が何冊もありますが、これなんかは本郷の文求堂が世話して出版した。そういう形で日本側にもパトロンがいた。郭さんも自重して、政治にはまったくノータッチだった。私が郭さんのところへいったのは、大学の卒業論文に郁達夫という作家の研究をやったんで、郁は郭さんの親友ですから、郭さんに話を聞きにいったんですよ。創造社っていう文学団体のことなんかを聞こうと思っていったら、古代文字の話ばっかりしてね、あの頃はまったくそういう知識はなかったからね、閉口しましたけど、とにかく話は面白いんだ。あの人は当時から耳が遠かったけど、今自分が興味をもっている問題を一人で滔々と話すので、それが面白くて、何回かいきましたね。私より先に、死んだ岡崎俊夫がいっているんです。かれはたぶん藤枝丈夫との関係でいったんじゃないかと思いますね。かれもプロ科だからね。そのあとに武田泰淳がいきだして、武田はその後はずいぶんいってる。かれは郭さんに字をたくさん書いてもらった。その頃の『中国文学』の同人は武田と岡崎と三人が中心です。あとはちょっと傍系です。あの頃の郭さんは、監視はされてるけど、全く日本人との往来を遮断されてる状態ではなかった。また訪問の理由をつけることはできるわけで、こちらは研究会のためにいくんだということでは名目がたつからね。でも、ちょっと薄気味悪かったです。

その当時の『中国文学』は今度復刻します。いま詳しい解説を準備していますが。蘆溝橋事件のおこる少し前に郁達夫が日本に来たんです。郁さんという人は戦争の終わった直後にスマトラで殺されます。放浪癖のある人でね、日本の占領時代に中国から逃れて、マレー半島からスマトラへいって、そこで偽名で隠れてたんですが、日本語がうまいところから本性がばれて、日本軍の通訳なんかに使われていた。真相はよくわからないんだけども、たぶん日本軍の手で殺されたんだろうということになっています。陳舜臣さんが小説に書いてます。その郁さんが昭和十一年の末に日本に来た。福建省政府の顧問という肩書で、日本へ印刷機械か何かを買いにきたという触れ込みでね。向こうはちゃんとした資格できているんだから、日本でも監視はしたかもしれないが、第一、郁達夫なんて名前は知らないかもしれない。向こうの小役人がきたくらいにしか思わなかったんでしょう。日本で郭さんとは何回も会ってるんです。これはあとでの推測だけど、抗日戦争における民族統一戦線の情報を伝えにきたんじゃないかと思われるんです。郭さんは向こうの情勢を聞いて開戦と同時に日本を脱出して帰ったわけ。その用意が郁と会ったことでその頃からあったのではないか、と思われるんです。こっちはなんにも知らない。実際、侵略する方は侵略される側のことはわからない。侵略される方は必死だから相手方をよく見抜くけど、こっちは知らないですよ。郁さんが久しぶりにきたというんで、われわれ中国文学研究会で郁さんの歓迎会をやりました。日本の文壇でも郁さんの名前を知ってる人はいるもんだから、小田嶽夫だとか佐藤春夫だとか、そういう人たちも歓迎会をやりました。中国文学研究会は、郁さんの歓迎会に郭さんも招いた。三田の司という家でやった。そのときの写真は残っています。その頃、毎月みんな集まって研究例会をやっていたんですが、そのひとつとして郁さんに講演をたのんだんです。そして神田の日華学会の会議場に、大勢集まって郁さんのくるのを待ってたらね、郁さんは来ないで警察がきたんだ。というのは、郁さんはその前の日に留学生相手にアジ演説やってつかまってしまったんです。日中戦争はもう避けがたい情勢である、諸君もそれを心得てやれというような演説をやったんで、そういうところへはむろん警察が入っているから、けしからん、国外退去を命じるというわけで、われわれの会にこさせないんですよ。仕方ないので郁さんの代役に、即席で私がしゃべったんです。「中国文学研究の方法」という題でね。特高が筆記してました。特高をごまかすぐらいわけはない、難しいことといえばいいんだから。なるべく難しい話をながながしゃべったんです。ひっくくられるかと思ったけどそうならないで、こういう学術的な研究会なら結構ですとかなんとかいって帰っていった。郁さんは、あとは公式の会へでられないで、まもなく追放に近い形で帰りましたね。そういうような事件はいくつかありました。武田泰淳が「謝冰瑩《しゃひょうえい》事件」という題で小説にかいてるような事件もあった。昭和十年、満州国皇帝の溥儀《ふぎ》が日本にはじめてきた時、留学生のなかで怪しいと思ってるやつを予備拘束してね、その時に武田が捲きぞえをくっている。そういう事件なんかもあって、中国文学研究会というのは、とにかくブラック・リストにはのっているんですよ。のってはいるんだけども、それほど悪いことをしそうもない、微弱な会だから、つぶさなかったんだと思うんだ。戦争の末期、私が兵隊へ行った後だけども、警察はまず歴史学研究会を挙げ、歴研のあとは中国文学研究会をやる予定になっていたという話なんです。それは野原四郎さんに聞いた話です。しかし、戦局の進展のほうが早かった。警察ににらまれていることはわかっていました。戦争がはじまってからは、私の家が事務所でしたから、月一回、または二月に一回程度、特高と憲兵が必ずきました。様子を探りにというか、牽制にというか、くるんですよ。いやな気持ですね。しかし応対は鄭重にしてました。いつ挙げられるか、びくびくですよ。大体あれは寝込みを襲うでしょ。その当時は、朝寝坊で、昼頃まで寝てたんですが、朝、眼がさめて無事でいると、ああ、今日は大丈夫だというような、そういう毎日だった。召集令状（赤紙）がくるか、寝込みを襲われてひっぱられるか、どっちかだという生活がずいぶんつづいた。これはずっと後の太平洋戦争の段階になってからですがね。その前はにらまれていても、こっちも慎重にやってるからそれほどのこともなかった。だから、謝冰瑩事件の時は非常に危機だったんです。会がつぶれるかもしれない。当時は同人制をとっていたけど同人のなかから脱退者が出た。アカの会だっていうのが通っちゃって、『読売』だったかがへんな報道をやったんで抗議したことがある。どこの会でも、大なり小なりそういうことはあったからべつに珍しくはないんだけど。だから姿勢を低くしてやってたわけですよ。

満州事変の後で一時中国側からの留学生が非常に増えた時期があります。留学生熱は間歇的におこるんだけども、三〇年代のはじめは非常に留学生が多くて、神田の街にあふれてたんですよ。東亜高等予備学校といって、留学生の予備教育の機関があって、ここなんか学生が溢れちゃって、クラスの増設増設で三部教育ぐらいやりました。そこへちょっと就職したことがあるんです。先生が足りなくて困るからきてくれっていわれて、まず岡崎が先にいってて、あとで私も行ったんですよ。ものすごく時間を持たされたけど、給料もものすごくよかったね。当時の普通の月給の倍ぐらいあった。それは半年ぐらいの非常に短い期間だった。留学生たちのなかには、かなり左翼の学生がいて、同人雑誌をつくっていた。それから『留東新聞』というタブロイド版の新聞をだしていた。新聞といっても向こうの新聞は論説のほうが主です。それから演劇活動があって、曹禺という劇作家の作品を上演したりして、ずいぶん盛んでした。だから、当時はそういう連中とのつきあいがありました。日本側はナップからコップへの改組の時期で、全文化運動を網羅したものをつくるという一時さかんな時期でした。戦後の民科がその形をそのままうけついでいるわけだけどね、満州事変のあとは、割に景気よかったんですよ。社会大衆党が進出したのが昭和十一年ですか、そういうふうにして相対的な安定期があった。小春日和みたいな気分があった。だから蘆溝橋事件は晴天の霹靂だった。もっとも晴天の霹靂といえば、柳条溝事件（満州事変）のほうがひどかった。あれは、まったく寝耳に水だったね。新聞が八段抜きぐらいの見出しをつけたほど、それはショックだった。それにくらべると蘆溝橋の時は、いろんな事件の後でしょ、だからもう不気味な予感がしてて、寝耳に水というより、とうとう始まったかという感じのほうが強かった。日本側の新聞はあまり伝えてなかったけども、中国側の抵抗運動のことはある程度は私たちにはわかっていた。綏遠事件などにせよ、日本側の報道では日本軍が勝ったことになっているが、実際は負けたので、中国側の戦意昂揚に役立っている。当時、長城以北は全部日本の勢力圏内で、そこから密輸が関内へはいる。それを援護するために緩衝地帯をつくらせる。冀察政権とか冀東政権っていうのはそういうふうにしてできたんですね。そこで日本側は非常に悪いことしてるってのが、おぼろげながらわかる、向こうからはいってくる刊行物を通してね。こいつはまずいなと思ってました。どうも、戦争は避けがたいという空気が感じられた。だから、蘆溝橋事件は、ついに来たるべきものが来たという感じでした。すぐ動員がかかって、われわれの同人のなかから召集をだした。武田がいったのはちょっとあとですがね。

当時私は中国へゆく留学生の資格をとっていた。外務省の補給生というやつです。この金の出所は、一九〇〇年の義和団事件の時にね、列国が賠償をとって、年賦払いだったのを、アメリカが最初に条件付きで返還した。文化提携、つまりアメリカへ留学生を送る費用とか、そういったことに使うという条件で返還して、それをほかの国も見習うわけです。日本もしぶしぶ返還はしたが、あとの処分は一番みみっちくて、まず東京と京都に東方文化学院というのをつくる基金にした。初めは東京研究所、京都研究所といったが、のちに分かれました。中国からぶんどった金でつくったんです。そのほか上海に自然科学研究所、北京に人文科学研究所をつくった。そういうことに使ったんです。そのあとのごく少額の部門を中国研究者の補助にする、そのなかの一部を日本からゆく研究者へ補助として渡す。全額ではないんです。この補助金制度は、大学卒とか専門学校卒とか中卒とか、そういう段階によって金額がちがう。じつにみみっちいです。私は学生の時にもその補助金をもらって中国へ行っています。昭和七年、満州事変の翌年ですよね。これは短期の旅行、そして今度は二年間の留学、それが決まって七月の初めにこっちをたつ予定なんで、そのために自分の自宅にあった事務所を、本郷の和田ビルという建物の四階に移したんです。そこへ本やなんか持っていって、そこで雑誌の編集したり研究会開いたりできるような一部屋を借りたんです。それを世話してくれたのも文求堂の田中慶太郎氏です。こうしていざ出発という直前に蘆溝橋でしょ、外務省からストップくっちゃったんです。で、実際に行ったのは十月へはいってからです。華北の戦線が一段落してから、やっと許可がおりた。同期の留学生は四、五人ぐらいで、十月に行って二年間いたわけです。北京の町のなかでは戦争はなかったから、それはいいんですが、大学その他の教育機関は全部閉鎖ですよね。何もないです。日本人の一旗組の軍属があとからあとから毎日くるんだね。そのころの北京は、ちょうど戦後の日本となじで、無法地帯です。軍属という資格でたいていのことができるんだね。そういう現場を見たわけです。勉強なんかできやしない。そんな雰囲気じゃない。将来どうなるかわからないし、あと留守番の人が雑誌はやってるけれど、雑誌なんかどうでもいい気がした。

当時の北京には、まだいくらか文学者が残っていました。どうしても消極的な人は残るんだね、たとえば周作人とか。そういう人たちを介して何人か友だちができました。そのなかで一番親しくつきあったのが、楊聯陞という人です。この人とは毎日のように会っていた、むこうも暇だからね。清華大学をでた人ですが、戦争の末期にアメリカへ行って、今ではハーバードのプロフェッサーになっています。専門は経済史、じつに秀才で、しかも勉強家です。ずいぶん親しく往来したけれど、もちろん本心はいいません。二年たってたくさんポストがあるし、ぜいたく三昧して暮らせるし、こちらが希望すれば残れるわけですが、その前におやじが死んだし、ああいう雰囲気にあきたから、まあ、あきるだけ遊んだということもあるけど、帰るつもりになってね、最後に楊に別れる時に、かれが記念に絵と字をかいてくれました。絵もうまいし、字もむろんうまい。その字は、タゴールの詩を自分で詞に翻訳したもんで、自分の心境をそういう形で最後に吐露したわけです。つまり、こんなところにいるやつはだめだという意味なんです。お前は帰るから、まだいいというわけですよ。かれはその後まもなくアメリカへ渡って、居ついちゃったわけです。戦後に二度日本にきましたけれど、かれは正式のプロフェッサーになっていて、国籍もアメリカに変えました。日本へ来たら早速連絡してくれてね、今では私の中国語より向こうの日本語がずっとうまいんですよ。

『中国文学』の時は自分で発意してやったんですが、金がないから非常に小さいものしか出せなかった。しかしともかく、ある期間つづけようという意図は最初からあって、曲りなりに八年間つづいたわけです。私は小さければ小さいなりに雑誌のスタイルそのものが、日本のジャーナリズム批判であるようなものをだしたいという気があった。だから、非常にこまかいことだが、たとえばノンブルを一巻一年分通すという試みをやった。今の日本の学術雑誌は二つノンブルをつけてますが、中国の雑誌をみるとそうじゃない。向こうは通しナンバー一本。そのまねをした。それからアンカットにしたんです。菊判だと、十六ページ一台だから、アンカットにして後で製本できるようにして、紙だけは極上のいい紙を使った。それからかならず正誤表をつけた。そういう細かいところへ気をくばったのがせめてもの特色です。開明堂っていう印刷屋で、浜松にあるんですが、精興社と並んでいい印刷のできるところなんです。それを世話してくれたのも、やはり文求堂です。事務所は東京にあるけど工場は浜松にあって、活字はそろっているが、ただ八ポがないんです。だから九ポと六号で、四段組にした。それに枠をつけた。これは『文藝春秋』のまねです。

雑誌『中国』の場合

その当時は、まだそんなに印刷の知識はないから勉強しながら、自分で全部考えてやったわけですよ。ある程度続けようと思ってやっているうちに自然に拡大できたわけで、その点が今度の雑誌『中国』の場合とは違うんです。『中国』の場合は私の発意ではありません。最初にプランを立てたのは尾崎秀樹さんと普通社の八重樫昊さんです。私はあんまりのり気でなかったけど、ゆきがかり上、関係をもって、だんだん深入りした。今のこの『中国』という題字は六朝のものだけど、あれを集字したのも八重樫さんです。八重樫さんはああいう趣味があるんだね。はじめは会員配布だったが、のちに徳間書店におんぶして市販にした。そのときこの字は読めないって、取次から文句が出たんです。しょうがないから替えたんです。しかし七カ月だけそうしておいて、また、こっそり元にもどしたんですが、相手は気がつかない。権力ってものは、うまくそれを潜ればいくらでもやり方があるんですよ。最初、私はのり気でなかったんだが、普通社が潰れた時に、このまま雑誌をつぶすのはまずい、自力でやらなきゃならないと思って、そこから、本気になったんです。普通社での六号のあと一年空白がありますが、あの期間は別の出版社をさがしていました。いくつか候補があったけど、どれも結局はだめになって、ほっときゃ潰れそうになったんで、それじゃ自分でやろうということで、自主刊行を決めたんです。それで僅かな部数だけどつづけてたら、三年たって、徳間書店の話があった。徳間はもっと売れると思ったらしいけど……。

徳間書店とのつながりは、『中国の思想』からです。全十二巻、あとから別巻が一冊追加になって全十三巻です。当時、私が病院に入ってたら、突然、徳間康快さんと編集者がきて、企画をもち込まれた。話をしているうちに、新聞の話になったんですよ。かれは自分としては新聞をだすのが念願だというんです。私は六〇年の頃から新聞をださなくてはいけないという提唱をして、ささやかな研究会をやっていた。だから徳間さんの意見に全く同感したんですよ。じゃ応援しましょうということになった。といっても、新聞はいますぐというわけにはいかない。まず出版から、ということで『中国の思想』の監修をやりました。ずいぶんめんどうで、手間くったけど、若い人たちといっしょに勉強したのは楽しいこともあった。その縁故で『中国』を引受けてもよいという申し出が徳間側からあったんです。半年の準備をおいて、一昨年（一九六七年）の十一月に十二月号から新しい形でだしたんです。これは自然の勢いというものでしょう。最初は自分でやろうと思ってはじめたんではない。この点は『中国文学』とはちがうんです。しかし小型からはじまって、大型になって、スポンサーがついたってことは、昔の『中国文学』と同じなんですね。

魯迅のことなど

魯迅友の会は、あれは何年になるかなあ、最初、筑摩書房から『魯迅作品集』ってのをだしたんです。ほとんど同じ時期に『魯迅評論集』っていうのを岩波新書でだして、『作品集』が売れたんで筑摩はあわてて、もう一冊やれっていうでしょ。ところが『続』のほうはあんまり売れなかったが、おかげで翻訳を少し余計にやれたわけです。なぜ売れたかというと、占領政策で押えられて、翻訳が品薄だったからです。国交のない国のものは長いことだせなかった。その問題の解決のためにソビエト文学者らに日ソ翻訳懇話会ができて、それに見あうものとして中国文学では、日中翻訳懇話会というのがつくられた。この会は、面白い歴史をもってるんですよ。後にはそれが一種の統制機関になっちゃってね。魯迅に関しても、戦争の直後、まだ占領当局の干渉がない頃には東西出版社から『魯迅選集』ってのが三冊でています。しかしまもなく禁止になった。私の場合は、戦後に復員してきてから、評論活動をはじめたわけだけど、食うためにそのほかいろんなものをやってる。一つが魯迅の翻訳です。鎌倉文庫と大阪の朝日新聞に頼まれてやったものです。それが占領政策で止められたために、両方ともでなくなった。鎌倉文庫はそれ自体が潰れてしまった。そのために原稿がねていた。一応もういいということで、手を入れて岩波新書と、筑摩の二つをだしたんです。それが売れたので、読者組織を発意したわけです。

戦争中に書いた『魯迅』、これは何回か版をかえてね、今は未來社版になってるんだけど、武田の『司馬遷』とおなじく、最初は「東洋思想叢書」の一冊です。日本評論社でこの企画を立てたのは赤羽尚志さん、ペンネームが伊豆公夫または赤木健介という人です。全部で何十巻もある大きな企画だったけど、完成はしなかった。中国については私も相談を受けて、いくつかあったなかで、『司馬遷』は、武田が書くという。かれは一年ぐらいでやったんじゃないかな。それで私は、魯迅に決めた。魯迅は最初嫌いだったですけどね。というのは魯迅と反対の傾向のものからはいっているからですが、いくらきらいでも重要だからいっぺん勉強しなければいけないという気持と、それから、死んでまもなく全集ができたんで、本を集めるのは苦手だが、全集があるからやりやすい、それで魯迅をやったわけですよ。昭和十八年の春からかかって十一月に仕上げて、原稿を渡したらまもなく召集になったんです。ともかく、あの頃は、書くとこはもうなくなっていた。迎合的なものしか書けないわけよね。だからね、なんか一言でもいいからいいたいという気持はあったね。ずいぶんおよび腰ではあるけど。『魯迅』があの叢書の最後なんですよ。原稿を渡してから一年ねてて、十九年の暮にでてるんです。私はその時、兵隊にいってて日本にいない、本がでたっていう通知はもらったけど。あと半年で敗戦。ところで、戦争が終わってみると出版社ってのは全部戦争に協力したわけで、だから生き残るためにかれらはみんな考える。日本評論社も、比較的いいほうだけど、やはり協力していた部分があるわけです。その印象を消すために何がいいかってことを考えたらしいね。それには『魯迅』と『ガンディー』がいいってことになったらしいんだ。一年たって私が昭和二十一年の七月に帰った時にはもう再版が組まれてた。あれは紙型が焼けたんで新組です。支那を中国に改めて、全部組んであるから直さないでくれというわけ。生活社もそうですよ。こちらは戦犯のリストにあがってるんです。東亜共同体論をかついだし、おまけに社長の鉄村大二が、出版だけでなしにもっと深く軍に関係していた。つまり軍の金をもらってた。これは去年北海道へいったとき、あのころ編集長していた前田広紀という人が北海道に住みついて村長してますが、その人に会って直接たしかめたんです。つまり鉄村は相当なやり手で、軍から名目をつけて金を引き出してるんだね。だから占領軍ににらまれる。それを消すにどうしたらいいかというんで、雑誌『中国文学』に眼をつけた。生活社は自前で『東亜問題』っていう雑誌を出しているんだが、これは占領軍に対する印象がまずい、その印象を消すために『中国文学』をもういっぺんだすことを考えた。そして変なものを出した。戦争中に『中国文学』がストップしたところからノンブルを引きついで後に何号かだしているわけです。ストックの原稿もりこんでね。復員してきてから、私は、こんなものは認められないって果し状みたいなものをだしましたがね。まだその時は生活社がそういう事情にあったということは知らなかったんです。あとで真相が分かったんです。もう負けたんだから、いさぎよくかぶとをぬげばいいんですよ。それを生きのびるために、みんな変なことやってるんだね。生活社はそういうふうにして、鉄村の自分の罪状を消すために、『中国文学』をだした。そのうちに、パージがはじまります。そうすると、生活社の出版は自分たちでなくて、こういう人がやったんだということで、前田に責任を全部おっかぶせてしまったんです。前田って男は戦争が終わる少し前に北海道の果てに疎開するんです。前田のおやじさんがたまたまそこに土地を買ってたんです。彼は生活社をやめてそこへ移住してしまった。だから欠席裁判で、戦争中の出版はみんなあれがやったということで、鉄村その他の生活社の残留組が前田の責任にしちゃったので、前田はパージされたんです。前田は戦後の民主化の第一波の時に村長に選ばれたんです、疎開地で……。ところがパージくっちゃった。前田は編集長だったので、学者仲間に顔がひろい。それで友人たちが奔走して、何カ月かもんでパージを解除されて、村長になったんです。かれは初代から今もって村長ですよ。北海道に村が四つか五つ残ってる、あとは町村合併で全部なくなってしまった。その生き残りの村の一つです。

戦後と左翼運動について

私は戦前、それほど左翼運動に深入りしなかった。つまり転向するほどに深入りしなかったわけです。三好十郎さんなんかは一応転向なんだけど、私は転向までいかない。その前に見切りをつけたというと偉くなっちゃうけど、そうじゃなくて、ただなんとなくまやかしの感じがあって、それで深入りしなかった。これには交友関係なんかが作用します。つきあってる人間が非常に熱烈な信仰的なコミュニストだと、どうしても捲きこまれちゃう。そういうやつが私の周囲にはいなかった。だから、どうも時間がルーズだし、約束は守らないし、そういう変なやつでしょ。こういうやつがやってるのはあやしいな、と思ったので、それほどはいっていかない。ちょっと距離をおいて冷静に見てる。そうするとナップからコップまでつきあっていますけど、コップの壊滅後は全然情報がわかんない。ところが北京にいって、することがないから飲んでばかりいたが、飲み屋にいると左翼くずれはすぐわかるんだね、言葉のはしばしにでるし、言葉にならなくてもそぶりでわかりますよ。あいつは前歴あるなと思って、ちょっと探りを入れると、手ごたえがある。そういう連中がずいぶんごろしていた。その中には戦後にまたでてきた人もいますね。それはそれで結構だけど、やはり全的な信用はおけない。免疫のない人だと戦後はいっぺんはその洗礼をうけますね。それは当然だとは思うが、こっちは疑い深いから、今は景気がよくても、またいずれは、というふうに最初から見てたね。私は復員してきてから、代々木の本部までいって、『アカハタ』のバック・ナンバーをそろえて買ってきて、ずうっと見たんですよ。その時にね、やっぱりこれはおかしいんじゃないかという気がしたね。昔の『赤旗』から切れていない思いがした。昔の『赤旗』は、大変なもんだった。持っているのを見つかると文句なしに捕まるということもあるが、一方、それを持っているだけでいばっていられる。それは非常なものだった。そういうイメージがあるものだから、敗戦の時に何もやってないじゃないか、それを棚にあげておいて、という感じがしてならない。合法化された『アカハタ』を見ても、どうも、おかしいという気がした。だから「新日本文学会」にも入んなかったし、「民科」にもはいってない。中間に断絶があったコップの組織をそのまま継承して、その間に自己変革がないのはおかしい。それでは制度があり、組織があるというだけで、外形はあるが、魂がはいってない。だから、どの団体にもはいらなかった。そのうちにコミンフォルムの批判がおこったんで、たまたま、ちょっと、感想を書いたら、これは、いけるというんで、『展望』の編集部が買いにきた。もっと書けっていうから、書いたのが、『日本イデオロギイ』にのっている「共産党批判」なんです。あの時は原稿料をずいぶんもらった記憶がある。まだ『展望』が最盛期だから、金回りがよかったのですね。こんなにもらっていいのかと思った。そのころは、たまに注文で書いても、書いたとたんに本屋がつぶれるってことが日常茶飯で、ろくに金をもらえない生活だったから、よけいうれしかったね。

　復員してきて、くいちがいの第一はインフレーションの感覚。戦争終わったらすぐ、現地除隊して、兵隊でなくなって、しかしそれじゃ食えなくて、軍属部隊へはいって通訳したんです。その鉄道隊といっしょに帰ってきたんですよ。途中で何度か危険な目にあって、ずいぶん面倒だった。つまり、鉄道隊で長くむこうにいた部隊ですからね、なかには悪いことしたやつがいるんです。人民をいじめてるわけでしょ。そういうのがいると、あいつだって指名してね。個人的なうらみというよりも、かれらのなかで、だれは悪い、だれはいい、だれは中間だというふうに、評価ができてる。そして戦争の終わったとたんに人民裁判を要求する。極悪人というのは衆目の見るところで、だから、のがれられない。部隊が引き揚げるとき、そいつを渡さないと、通してくれないんですよ。その交渉が役目でね。いろんなおもしろいことがありました。

　上海で引揚船に乗る前に日本金を買いました。二百円までは携帯できるということなので。この二百円という金額は、相当の大金という感覚だった。中国のものすごいインフレは経験しているが日本のインフレの実感がないでしょ。まずいまの相場で二十万かな。ところが鹿児島へ上陸して、バラック建ての飲み屋で、焼酎を一杯のんだら、十銭か二十銭くらいと思ったのに十円だっていう、日本もこんなにインフレかと思ってびっくりした。二百円もってたら相当暮らせると思ってたのに、とんでもないことになったと思った。おまけに所持金は家に着く前にすられてしまった。『中国文学』を昭和十年にはじめたとき、三種郵便の認可をとるために定価をつけなければならないので、定価十銭とつけたんです。あとで十五銭になり、最後に二十五銭ぐらいまでいったかな。そんなもんですよ。五十銭ギザ一枚もってると相当ゆたかな感じしたもんだな。タクシーは近距離が三十銭ぐらい、五十銭もってると玉の井へいけたんだから。

雑誌編集の楽しみ

雑誌というものは雑誌だけで採算をとるべきじゃないと思うんですよ。損する覚悟でなくちゃろくな雑誌はできない。マイナスはほかの付帯事業で補充したほうがいい。定価あげるというのは一案ですが、あげても、どうせペイしないですよ。ほかのことでそれを補うというのが本筋じゃないですか。前の『中国文学』もはじめは全然だめでした。生活社の発行になってからは今と同じで、編集費をもらって、専属の編集者を一人やとってやったが、雑誌だけではもうけることはない。生活社も損してるでしょ。その穴埋めは書籍出版でやった。最初は同人制で、同人費は月二円ぐらいでしたが、実際にはその都度その都度、金のあるやつが出した。吉村栄吉なんてのは、ずいぶんだしたね。武田もよくだした。あとの連中はほとんどださなかった。雑誌ってのはそんなものですよ。そのかわり原稿料も安いけど……。

私は一番やりたいのは日刊新聞ですね。日刊新聞が無理なら週刊新聞でもいい、この十年それを考えていたが、しかし、もうだめですね。自分の力ではだめだということがわかったんです。だからせめて月刊雑誌ぐらいはやっていこうと思っているんです。今の程度のものは維持できるし、それをもうちょっとつづけようと思っているんです。いつまでもってことではないんですが。雑誌の編集ってのが一番面白いですね。編集に経営をあわせてでもいい。どうもそれが性に合ってるんじゃないかな。つくるという感覚があるんです。原稿を書くのではそれがないんだ。人にもよりましょうけどね。それがあるのは雑誌。もっとはっきりあるのは新聞。もし世の中に大変動がおこれば新聞を経営するかも知れませんよ。月刊雑誌だったら大体二カ月先を読むわけでしょ。二カ月先をみて編集プランをたてるでしょ。実際の製作が一カ月かかるからね。その見通す面白さっていうのは原稿かきにはないね。大学教授にもない。大学教授は長期の何十年先の人材養成ってことを考えるかも知れないけど。実際考えてるかどうかわかんないね。手応えないですよ。雑誌はその点あるんでしょうね。出版っていうのはもっと長期ですか。月刊雑誌っていうのはもたもたして、週刊誌なんかにくらべてほんとに歯がゆいけれど、しかしそれはそれなりのプラン・メイキングが可能だから、そういう楽しみはあるね。

朝鮮語のすすめ

このあいだ、機会があって上野英信さんのお宅、すなわち筑豊文庫を訪れたところ、いろんな蒐集品にまじって、めずらしいものが眼にとまった。めずらしいという言い方は語弊があるかもしれない。意外な、という意味であって、しかも私にとって意外なのだ。ほんとは意外であってはならぬものかもしれない。食堂の壁に、朝鮮文字の字母一覧表の大きな掛け図があった。

上野さんが中国語ができることは知っていたが、朝鮮語にも手を出しているとは知らなかった。それが意外だったわけであり、しかし考え直してみて、当然という気もした。

もっとも上野さん自身は、この食堂に集る客に朝鮮人が多いから掛けてあるのであって、自分ができるわけではないと謙遜された。しかしそれでも私に及びがたいことには変りはない。

このときは森崎和江さんにもお会いできて、帰ってから頂いた本を拝見した。どうやら森崎さんは上野さん以上に朝鮮語ができるらしいことを発見した。ある程度の会話はできるし、手紙も書けるらしい。ますます及びがたい。

九州在住だからそうなるのだろうか。それとも朝鮮うまれという条件からか。どうもそれだけではないらしい。

私の朝鮮語は失敗の歴史であって、何度かのチャンスをその都度つぶした。今もって字母さえろくに読めない。そのことで、朝鮮人にうしろめたいだけでなしに、上野さんや森崎さんにも恥しい気がする。

日本国家は朝鮮人から一度は完全にその母国語を奪った。この理不尽さを、感覚的に理解することは、どんなに努力しても日本人には不可能ではないかと私は思う。いくら朝鮮語を習ったって、そんなことがわかるわけはない。けれども、その手前のところで、朝鮮語を抹殺することによって日本語そのものがゆがめられ、堕落した事情を確認し、堕落の程度を測定することはできるはずだ。そのために朝鮮語は必要不可欠である。

私がこう考えるようになったのは、中国語からの類推によってである。朝鮮語ほどではないにしても、中国語にも似たような事情があって、ことに台湾在住の中国人についてそうだった。差別者は差別の実体をつかむことができない。差別は被差別者の眼には見えるが、差別者の眼には見えない。けれども、差別が本性をおかし、腐蝕作用をおこすのは双方に対してであって、一方に対してだけではない。ちがいは、自覚するかしないかだけである。中国を侮蔑し、中国人と中国語を侮蔑したために日本人が精神的に蒙った損失は、自覚するしないにかかわらず、きわめて大きいと私は考える。いわんや朝鮮においてをや、という次第だ。

差別者が差別の自覚に到達するためには、ある種の原体験が必要なように私は思う。差別にはいろんな種類があって、それぞれ個別性をもっているが、同時にすべての差別に通じる一般性があるというテーゼを私は採用したい。そうすると、このテーゼに見合って、原体験にも個別性と一般性が同時存在することを認めたい。つまり、原体験は何であってもいいわけだ。差別の一般性は民族差別にも当てはまるし、個別体験の中にはかならず応用のきく部分がある。

問題は、体験を体験たらしめるものは何か、ということだ。そしてこれは難問であって、私には解きようがない。たぶんナマの体験ではダメなので、現在的に想起されるように組みかえられなくてはならないし、それだけでなしに、ある種の鍛練を加えねばならぬと思うのだが、それがどうやったらできるのか、また法則化できるものなのかできないものなのか、その辺のところ私には答えが出ない。

ことばは、交通手段としては、人と人との間をつなぐものと考えられがちだが、それだけでなしに、ある場合には人と人との間を隔てることだってある。ことばは万能ではない。言わぬは言うにいやまさるだ。

人はいちばん言いたいことを最終的に言えないのではないかと私は疑うが、それはそれとして、もっと手前のところで、差別者と被差別者の間に対話が成立せぬのは、意識的な言語抑制があるからだ。その抑制を他の条件から切り放して解くことはできない。ただ、抑制がはたらいていることを確認することはできる。そのためには眼と眼を見あうだけでは不十分なので、やはり言語の媒介によるほかない。

私は余力があれば今からでも朝鮮語を習いたい。そして人にもすすめたい。余力なんていってたんではダメだと叱られそうだが、年が年だから勘弁してもらいたい。その代り若い人には極力すすめたい。あなたがあなた自身になるために、朝鮮語がどんなに役に立つかを力説したい。

普仏戦争のとき母国語を奪われたフランス人の悲しみを書いたモーパッサンの短篇がある。それをテキストに使用したフランス語の学習者が、自然の道筋で連想を日朝関係にはたらかせるようになる日が来てもらいたいと思うが、私の生きている間には実現おぼつかないかもしれない。

「前事不忘、後事之師」

五日間の北京のあらしが吹き過ぎて、もう二カ月たった。時の流れははやい。いま、表面は波おだやかになったようだけれども、日本社会の底に、新しい機運に乗ずべく、各人各様のおもわくが渦まいているにちがいない。「近代日本と中国」連載企画に参加した一員として、私もここに時局にふれての感想を述べさせていただく。

日中共同声明の前文に次の一項がある。

「日本側は、過去において日本国が戦争を通じて中国国民に重大な損害を与えたことについての責任を痛感し、深く反省する。」

これは日本語正文だが、中国語正文もまったく同内容である。「責任」とか「反省」などの単語は両者に共通、ただ「国民」が「人民」になっているだけのちがいである。この部分だけがそうなのではなく、声明の全体を通してそうである。声明ばかりでなく、二度の宴会のときの主客のあいさつも、一方は「人民」、他方は「国民」である。

「人民」と「国民」の区別については、いま問題としない。憲法制定のとき「ピープル」を「国民」と訳した政府が実質上いまも連続している条件の下でこの問題をあつかうのは無理だから。

ここでは「反省」だけを問題にする。

専門知識がないので確言はできないが、おそらく「反省」といった語が政府間の外交文書に記されるのは、異例なことではないかと思う。皆無ではないまでも稀有である。あるいはこの共同声明が新例を開いたのではあるまいか。

反省とは、ふつうは良心の問題であり、道徳の領域に属することであって、法の領域ではない。むろん、反省すると言明した以上、ことに公の文書で約束した以上、いやしくも良心あるものなら反省しなくてはならない。しかし反省したかしないかを検証する手段は、客観的には与えられていない。相手の良心に訴えるだけであって、法的強制力はもたないのだから。

しかし私は、国際法なり国際関係なりに先例があろうとなかろうと、それにはおかまいなく、この一句は非常に意味深長であり、将来ますます意味が深まるように思う。

なにを反省するのか。「戦争を通じて中国国民に重大な損害を与えたこと」を反省するのである。「責任を痛感し、深く反省する」のだ。

どうやって反省するのか、また、反省した結果はどうなるのか。そのことは文面には明示されていない。

まったくの想像でいうのだが、日本政府は、この一句を文面に盛込むことを、なんとか回避したいと願ったのではないだろうか。お体裁がわるい、という感情論のほかに、実効がないという一種の合理主義が文案作成者の心理に作用したとしても不思議ではない。しかし中国側は、声明の眼目として、この一句の挿入を強硬に主張したにちがいない。そして日本側は、すでに言質をとられているために、最後まで抵抗はできなかったのかもしれない。

ただし中国側も、一方的にこの詫び文句を押しつけたわけではない。それ相当の代償を用意していた。賠償請求権の放棄の宣言がそれである。

日中共同声明は、実質的には平和条約に等しいか、少なくともその骨子というべきものである。そこに賠償放棄の一項が盛込まれたのは、これまたこの種外交文書の異例と見るほかない（日華平和条約、すなわち中国側のいう「日台条約」が賠償を放棄しているというのは、事実誤認か、さもなくば為にする宣伝である）。

相手に反省を求めることと、みずから賠償請求権を放棄することとは、二にして一であり、そこに一貫した中国の外交姿勢を読みとることができる。すなわち、外交を道義の基礎の上におこうとする試みであり、人間関係におけると同様に国家関係においても、力への依存に代えるに信頼をもってし、そのためには近代法の拘束にとらわれない、という姿勢のあらわれと見ることができる。

日本側は、それにどう対処したか。共同声明の文面で見るかぎりでは、中国側の首尾一貫ぶりにくらべて、とまどい、または混乱があらわである。反省の一句を挿入することに同意はしたものの、その実行方法には触れていない。まさかそんなことまで中国側に手をとって教えてもらうわけにはいかなかったろう。そして賠償請求権の放棄は、中国側の一方的宣言だけで、日本側からのコメントはつけられていない。

たぶん、当事者の不慣れということもあったろう。日清戦争の講和以来、日中間での外交折衝は、すべて日本側からの押しつけに終始した。武力でおどすこともしばしばであった。明治のごく初期に、一度だけ対等の折衝があることはあったが、これはほとんど実効をもたぬ遊びめいたものだったので、それを除くと、今回が有史以来最初の対等折衝といってもいいほどである。さんざん屈辱外交のにがい経験をなめて、そこから独自の新しい外交方針を打出した中国を相手どるのだから、本来なら事前に十分な用意があるべきだった。しかし、易きに慣れた日本外交にそれを望むのは無理だ。共同声明が不様《ぶざま》なものになったのは、当面やむをえぬことかもしれない。

悪意にかんぐれば、賠償を放棄させたことで実を取ったのだから、「責任」や「反省」といった字句を文面に書きこむぐらいお茶の子、といった実利根性がないとはいえない。もしそうだとすると、これからの外交折衝で苦杯をなめる事態がおこりうる。

それほどの悪意はなく、ただ、なんとなく押切られた、というのが実情かもしれない。いずれにせよ、「反省」という語の重みは、どうも当事者たちのその後の言行に照らして、よくわかっていないような気がする。少なくとも中国側の意図とは、ズレがある。その点が不安でならない。

「反省」を書入れるのは、言質をとられていると前に書いた。その言質は、直接には、北京到着の日の宴会で、周総理のあいさつに答えた田中首相のあいさつの中に出てくる。

「過去数十年にわたって、日中関係は遺憾ながら、不幸な経過を辿って参りました。この間わが国が中国国民に多大のご迷惑をおかけしたことについて、私はあらためて深い反省の念を表明するものであります。」

共同声明では、この部分が正確かつ簡潔な表現に書換えられただけで、内容に変更はない。

「迷惑」は「麻煩《マーファン》」と訳され、のちに問題にされたが、ここの「反省」は中国語訳も「反省」のままである。

もっとも、中国側がおこなった英訳では、二つの「反省」にちがう訳語が当てられている。共同声明のほうは The Japanese side …… deeply reproaches itself であり、あいさつのほうは make profound self-examination である。全体の文脈のなかでの語気のちがいから訳語を区別したのかもしれない。

ともかく中国側が「反省」を押しつけたのでないことは、あきらかだ。言質をとられた、というのはそういう意味である。

問題は、おなじ「反省」でも、日本語と中国語では、語感がちがうし、したがって期待するものがちがうはずだが、それを日本側がどこまでわかっているか、ということである。その点がはなはだ心もとない。

反省するからには、当然、それが行為となってあらわれるべきだ、というのが中国語の語感でもあるし、中国側の期待でもある。それにひきかえ日本側は、「反省」という文字を記せばそれで反省行為はおわった、と考えている節が見える。言いかえると、共同声明を国交正常化の第一歩としてとらえるか、それとも国交正常化の完了としてとらえるかのちがいでもある。

この比較のために、会談初日の宴会での両首脳のあいさつから、対応する部分を次に引用しよう。このあいさつは、たぶん事前に事務レベルで打合せがあって、相互に食いちがいがないように調整されたものだと思う。最初に「二千年の友好」が述べられ、次に、近い過去の「不幸」が述べられるという順序は、両者まったく同一である。この後者の部分に、よく見ると微妙な食いちがいがある。

「しかし、一八九四年から半世紀にわたって、日本軍国主義の中国侵略により、中国人民はきわめてひどい災難をこうむり、日本人民も大きな損害を受けました。前の事を忘れることなく、後の戒めとするといいますが、われわれはこのような経験と教訓をしっかり銘記しておかなければなりません。」

これが周総理のあいさつである。「日本軍国主義の中国侵略」という厳密な規定は、共同声明の当該個所の表現よりさらに明快である。

これに対応する田中首相のあいさつを、もう一度、前の引用より少し長く引用すると、

「しかるに、過去数十年にわたって、日中関係は遺憾ながら、不幸な経過を辿ってまいりました。この間わが国が中国国民に多大のご迷惑をおかけしたことについて、私はあらためて深い反省の念を表明するものであります。第二次大戦後においても、なお不正常かつ不自然な状態が続いたことは、歴史的事実としてこれを率直に認めざるを得ません。

しかしながら、われわれは過去の暗い袋小路にいつまでも沈淪することはできません。私は今こそ日中両国の指導者が、明日のために話合うことが重要であると考えます。」

日本語のあいまいさに寄りかかって、なんとか主体的な決断なり責任なりを回避しようとする官僚作文のスタイルがよく出ていて、中国側の発言と見事な対照をなしているが、そのことはまあいい。ここで問題にしたいのは、未来のために過去を忘れるな、という中国側の見解に対して、日本側は、過去を切捨てて「明日のために話合う」ことを提唱している相違点である。

「前の事を忘れることなく、後の戒めとする」という周総理の引用した格言は、原語では「前事不

忘、後事之師」である。英訳ではThe past not forgotten is a guide for the future. となっている。格言を引用しようがしまいが、過去を忘れては未来の設計が成立たぬのは常識である。歴史を重んずる漢民族にとっては、ことにそうであり、さればこそかれらは過去の被侵略の体験から教訓を引出して、自分たちの社会改造と外交革新を進めているのである。いや、漢民族だけではない。イギリスだって、天皇の訪問のとき女王が釘をさしたのはまだ記憶に新しい。イギリスさえがそうである。ましてや中国は、というべきだ。

田中首相が「深い反省の念を表明」したのは、前後の文脈から見て苦しまぎれの感はあるものの、表明しないよりはましだった。そしてその一点につながって辛うじて共同声明にこぎつけたのだろうと思う。

しかし、「反省」をふくむセンテンスの主語が「私」であるのを唯一の例外として、そのほかは全部、主語が不明である。「日中関係」が「不幸な経過を辿」ったのだし、「不正常かつ不自然な状態が続いた」のだ。そして「しかしながら、われわれは……できません」である。この「われわれ」とはだれを指すのか。次のセンテンスとの関連で眺めると、日中双方をふくめているように解釈することもできる。「できません」というのも、能力についてなのか当為についてなのか不明である。まさに主語不在、責任回避の典型的官僚スタイルである。

こういう文体は、日本国内では通用しても、国際的には通用しない。とくに今日の中国が相手では、絶対に通用しない。

「われわれは……できません」の日本側の中国語訳は、そっくりそのまま「我們不能……」である。

しかし中国側の英訳では we should not …… となっている。かりに日本側が英訳したら、たぶんこうはなるまい。

「日中両国の指導者が明日のために話合う」というのが日本側の提案になっている。すべて話合いは今日および明日のためになされるものであるにもかかわらず、わざわざ「明日」を強調するところに、過去には触れたくないという下心が見えすいている。しかも、「明日」は次のセンテンスでもう一度くり返され、話合いの内容を限定する一種のスリカエ論理が使われている。すなわち、

「私は今こそ……明日のために話合うことが重要であると考えます。明日のために話合うということは、とりもなおさず、アジアひいては世界の平和と繁栄という共通の目標のために……」

過去の侵略戦争の事実、そして戦争がおわっても終戦処理を怠った事実、そればかりでなく、虚構にもとづいて終戦処理はおわったと主張してきた事実、それをタナにあげて、ほかならぬ当の中国を相手として、「アジアひいては世界の平和と繁栄」について話合えると本気で信じているのだろうか。まさか本気ではあるまい。善意に解して、日本政府の苦衷のあらわれと見るべきだろう。そして中国側がその苦衷を汲んだからこそ、共同声明へこぎつけたのだろう。ただ、そういう苦衷は今後もう二度と使えないことを銘記すべきだ。

過去を問わぬ、過去を水に流す、といった日本人にかなり普遍的な和解の習俗なり思考習性なりは、それなりの存在理由があり、一種の民族的美徳といえないこともない。それがミソギという土俗につながるものならば、一朝にして改めることはできない。ただそれは、普遍的なオキテではないことを心得て、外へ向っての適用は抑制すべきである。そうでないと交際がうまくゆかない。漢民族は、伝

統的に記録を生命よりも大切にする民族である。たとい自分に不利なものでも、後世の史家の判定にゆだねるために記録を保存する習性がある。われらミソギ族とは正反対なのだ。「前事不忘、後事之師」である。この相違を主観だけで飛びこえてしまうと、対等の友好は成立たない。

ついでにもう一つ、小さな行きちがいの例をあげておく。

日本では「小異を捨てて大同につく」というところを、中国では「小異を残して大同を求める」という。この一大発見が日本にもたらされたのは、国交回復よりはるか以前であった。今回の政府間交渉では、その点で事前に打合せがなされたはずであるにもかかわらず、やはり周総理と田中首相のあいだに発言の食いちがいがあった。初日のあいさつから双方の当該個所をひろい出すと、

「首相閣下は、中国訪問に先だって、両国間の会談は合意に達すると思うし、合意に達しなければならないと言われました。わたしは、われわれ双方が努力し、十分に話合い、小異を残して大同を求めることによって、中日国交正常化はかならず実現できるものと確信しています。」

「もちろん、双方にはそれぞれの基本的立場や特異な事情があります。しかしながら、たとえ立場や意見に小異があるとしても、日中双方が大同につき、相互理解と互譲の精神に基づいて意見の相違を克服し、合意に達することは可能であると信じます。」

せっかく「小異」と「大同」を援用しながら、意味をまったく取りちがえている。周総理のあいさつの原文は、「求大同、存小異」という簡潔な副詞句が挿入されているだけだが、そのままでは日本語にならないので、日本語訳ではその順序をかえ、かつ「ことによって」と条件句にしているわけだ。この格言は、さすがに英訳でも簡潔にはできぬらしく、Seeking common ground on major points while reserving differences on minor points と長たらしくなっている。いずれにせよ、田中首相の発言のように「意見の相違を克服」するという意味はふくまれていない。相違は相違として残して、合意できるところだけ合意する、というのが原意である。こんなに原意を取りちがえるくらいなら、いっそ「小異」と「大同」の論を展開しないほうが賢明だったろう。

これまた、会議における少数意見の尊重が伝統化されている民族性と、挙国一致、翼賛体制が骨がらみになっている民族性との、どうしようもない食いちがいの不用意の露頭なのかもしれない。

どちらがよい、どちらが悪いということは性急にはきめられない。私個人の好みは、異を異として残しながらゆるい連帯を組むほうに賛成だが、そういう生き方は日本社会ではなかなか通用しないことを経験的に承知している。それを変えるのは容易ならぬ事業である。かりに将来、中国人との対等の友好関係がひろがるならば、日本人の伝統の思考習性に少しずつ変化がおこるかもしれない。しかしそれは、遠い将来のことだ。

ただ、相手を誤解しない配慮だけは、いますぐ必要なものである。自分の主観で相手を律してはならない。そうしないと将来に禍根を残す。「小異」と「大同」についての中国側の言い分を、半可通にわかったつもりでいて、じつは真意を取りちがえているように見える田中首相のあいさつは、愛嬌といえば愛嬌だが、交渉に当る責任者の発言としては軽率の感を免れない。

その結果がどうあらわれるか、ということが問題であって、さしずめ共同声明の解釈が俎上にのぼる。ここでふたたび発端の「反省」にもどるわけだ。

日中共同声明は、半年前に結ばれた米中共同声明にくらべると、分量がずっと少ないし、かつ双方の意見の併記も少なく、したがって合意点が比較的に多いのが特徴である。その理由は、いろいろあるだろう。専門家でない私は、その点には深くは立入らない。ただ、いささか気になるのは、趣味として私は法三章の流儀がすきだが、いやしくも交渉である以上、いくら簡潔を尊ぶといっても、争点をあきらかにすることを怠って、禍根を残すようなことがあっては困る。異はあくまで異として記録に留めなくてはならない。小異を残さずに大同を求めることはできない。しかし、共同声明の文面のかぎりでは、残された異があまりにも少ないように思われる。

実際に異が少ないならば、これほど結構なことはない。しかしそれならば、国交回復が二十年も放ったらかされた事情が説明できないことになる。この矛盾は、日本側が「求大同、存小異」を怠ったか、それとも中国の道義外交に全幅の信頼を託して、あえて異を立てなかったのか、そのどちらかであろう。私の印象は、さきに述べた理由によって前者に傾く。

中国側は、日本政府の苦衷を察しつつ、言うべきことは十分に言いつくしている。国交正常化が「両国人民（国民）の願望」であり「両国人民（国民）の利益に合致する」ということの強調、「日本国に対する戦争賠償の請求を放棄する」のが「両国人民（国民）の友好のため」に放棄するのだという宣言、すべて中国側のイニシアチブが文面ににじみ出ている。

それだけに、最初に引用した「日本側は、過去において日本国が戦争を通じて中国人民（国民）に重大な損害を与えたことについての責任を痛感し、深く反省する」という一項が、共同声明のかなめとして、千鈞の重みをもって迫ってくる。「責任を痛感し、深く反省する」ことの実行を中国側は見守っている。それを実行するかしないかが、この共同声明の有効性を保証する鍵だともいえる。もしこれが空言におわるならば、共同声明の全体が瓦解することになる。

共同声明は条約に準ずるものであるから、一義的に政府を拘束するが、政府ばかりでなく間接には国民をも拘束する。ただし国民は、どういう手段によろうと、この共同声明を承認するかしないかの意思表示をする自由と権利がある。私個人は、次に述べる理由によってこの共同声明を承認する。

目的は友好である。そして友好は、人民同士の友好でなくてはならない。その友好を実行に移すことを、政府は妨害しない、というのがこの共同声明の根本の趣旨であると解する。むろん、過去に妨害した責任はまだ解除されたわけではないが、それはそれとして、今後は、政府は援助こそすれ、一切の妨害をしてはならないことが決定されたのだ。これが国交正常化の意味である。

戦争は国家の行為であり、戦争終結も政府の責任事項である。過去二十数年サボリつづけたその責任を、日本政府は一応まがりなりにも果した。そのことは国民として歓迎すべきである。貿易、運輸、交通、その他もろもろの文化文流など、すべての友好活動が不当な拘束を受けずに自由にやれるようになった。むろん、受入れに当って中国側は選択の権利をもつが、事前に日本政府が法によらないチェックをおこなうことは禁止された。あらゆる友好のための活動はいまや原則的に自由である。

したがって、その半面では、人民の負う責任は重くなった。友好が成るか成らぬかは、政府でなくて人民の責任事項である。政府の妨害を口実にして怠けることはできなくなった。今後は人民の主体的責任が問われるのである。しかも、対等の交際というものは、過去に経験がない。日本人の中国体験では、不平等条約の下における特権的租界の住民として、または侵略軍の兵士としての体験が圧倒的に多い。直接体験だけでなく伝承までをふくめると、いまでも大半がそうである。すでにスタートの時点でこのハンディキャップを負っているので、その是正という責任さえもこれに加わる。まだ国交が未回復のころ、便宜的手段として、先人たちの汗と血で結ばれた諸種の民間協定は、いまでも有効だし、それはそれとして尊重されねばならない。そのことは共同声明にも書かれている。しかし、将来は当然に改廃が必要になる。これまた、多くの部分が人民の責任事項である。障害は除かれ、友好の道は開けた。もしそれが真に人民の願望であるならば、ただちにその道を、前人未踏の境地へ向って歩み出さなくてはならない。

この人民の大行進を前にして、人民中の一部、報道をふくめての知的職業人には、特別の任務があると私は思う。いうまでもなく、行進の知的準備を助けることである。とくに「後事之師」たるべき「前事」の知的欠落を補うことである。

私が代表者である「中国の会」は、最近、その編集する月刊誌『中国』を百十号をもって休刊にした。これはすでに報道され、広く知られている。ただ休刊の理由について、いろんな憶測がおこなわれ、一部には誤解もあるようだ。会の内部にも強硬な反対意見がある。自分で衝に当ってみると「求大同、存小異」のむずかしさがよくわかる。

『中国』には、編集の眼目とするものが三つあった。

第一は、中国を広大な、また複雑な社会として見るということである。逆にいうと、日本のような小ぢんまりした、上からの威令がすぐ下までとどく単純な社会とは区別して見る、ということである。多民族、多階層、多段階、かつ自治の領域の広いことが中国社会の特徴であって、この点日本とはまったくちがう。東京の街を一見すれば日本はつかめるだろうが、中国はそうはいかない。そのため辺境を重視する編集方針をとった。そうしないと、過去の日本人の中国認識の誤りまたは偏見を是正できないと思ったからである。

第二は、日本人の歴史知識の欠落を補う配慮である。とくに三〇年代および四〇年代、すなわち戦争の時期と戦後の初期に大きな知識の穴がある。その穴を埋めたかった。そうしないと、中華人民共和国の成立経過がわからず、中国人民の理想がわからぬからである。

第三は、そうした編集の試みを積みかさねることによって、いつか日本人一般にとっての中国に関する知識の必要最低量を確定したいという念願である。雑多な、専門家には必要かもしれないが一般には不必要な余剰部分を切捨てて、エッセンスだけを残したい。これは多くの人の協力を要する大事業だが、せめてそれを提唱し、いくつかのサンプルぐらいは提出したいと考えた。

どの目標も、満足とはいかぬまでも、いくらかは実現した。それらは日本人民にとって、現在および将来、役に立つものだという自信はある。しかも、国交正常化の道が開かれた今日、そのような仕事はますます重要になったとも思う。いや、重要どころではない、焦眉の急である。

いかんせん、「中国の会」のような小さな、もともと非力な集団では、この緊急な需要に応ずるだけの余力がない。自分の力以上のことをやるのは、われ人ともに損うおそれがある。いっそこのへんで一度休止をおいて、ゆっくり将来の大計をたてるべきではないか、というのが雑誌休刊についての私個人の率直な心境である。

もし、同憂の士があらわれて、力をたくわえて事に当るならば、「求大同、存小異」の原則によって協力を惜しむものではない。

もし同憂の士があらわれなければ？　もう一度小さな世帯を張るほかないかもしれない。その代り、国民的規模での「反省」は見送られ、共同声明は反故になるだろう。なぜなら、すでに見たように、尻押しされないで政府が動くことは、ほとんど絶対にありえないことだから。

「反省」は未来にかかわる。友好を築くために反省が必要なのだ。そのために過去を知ることが必要になる。過去を切捨てるならば反省はいらない。その代り友好の望みも捨てるべきだ。

『朝日ジャーナル』が「近代日本と中国」という連載物の企画を立てたのは、昨年の夏、ニクソンの訪中声明と前後する時期だったように思う。私は編集意図をきいて、わが『中国』の第二の目標に合致するのを喜んだ。自分の雑誌でやりたくて、力不足でやれなかったテーマなのだ。天下の大雑誌が、タイミングよく、知識の最大の穴埋め作業を買って出てくれるとはありがたい。私はよろこんで応援団に加わった。

まず最初に座談会があり、そのあと、延々四十数回、新進および中堅の学究による力作の読切り論文が誌面をかざった。一般読者には、やや難解を感じさせた論稿もあったかもしれないが、たぶん熱心な読者には好評を博したのではないか。

なぜなら、その多くは耳新しい、しかも過去の日中関係を考えるうえに不可欠の新知識であったから。耳なれた人物でも、そのあつかいは異った角度からなされていて、読者の思考を刺激し、これまでの常識を打破る有益な手がかりを与えてくれるものが多かった。私も一読者としてその恩恵をこうむった。

今回、この稿を書く前に既掲載分を全部まとめて読み返してみた。改めて感じたことは、明治以降の日本人の中国とのかかわり方が、人物と事件をふくめて、ほとんど全部どこかで触れられていて、その幅の広さは、インデックスとして使えるほどであり、たぶんほかに代替物がないと思われる。改めて編集者の努力に敬意を表する。

欲をいえば、ある思想なり行動なりが、中国側に引きおこした反応についての調査が十分とはいえない。また、朝鮮が当然視野に入るべくして抜けている部分がある。そのほか、医療や学術機関などで記載もれのものもある。いずれも将来、補足されるのが望ましいというだけで、そもそも先駆的な試みに最初から完全を期待するのは無理だ。「前事不忘」の風雲を天下にまきおこすのは今後に待つほかない。

手前ミソをならべると、雑誌『中国』百十冊と「近代日本と中国」シリーズとがあれば、それを基礎として「前事不忘」作業の大々的展開がほとんど可能である。

その作業は苦痛を伴うものであって、あるいは賠償を支払うよりも精神的負担は大きいかもしれない。しかし、それを怠っては「反省」の公約にそむく、中国ばかりでなく世界をあざむくことになる。いや、まっ先に自分をあざむくことになる。

「私は戦争中の独裁的指導者からは縁の遠い存在ではあったが、戦争が与えた数々の残虐に対して責任を分つ義務からまぬがれようという気持はなかった。然るに戦後、戦争に積極的協力を惜しまなかった人達までが、極めて少数の戦争責任者達に戦争責任の一切を転嫁して、自らは恬然と戦後の繁栄の分け前にあずかることに躍起となるに至った。そして経済成長が目覚ましければ目覚ましいだけに、一層かつての責任の回想よりも、現状の誇示と享楽に憂身をやつすことに我を忘れるようになった。そのことは私の心を暗くする。それがそうであればあるだけ、私は責任と義務とを一層重く感ぜずにはいられない。われわれは過去の恨みを忘れようという人達に対して、かつての罪業を滅ぼすために何事かをしなければならないと感ずるのが当然ではないだろうか。私は少なくともそうすべきだと思う。」（『世界』六三年九月号）

これはビニロン・プラントを中国に輸出するに当ってのクラレ社長、故大原総一郎氏の発言である。日本側の反省と、中国側の賠償放棄と、相まって再出発する日中関係の栄光ある未来のために、借りてはなむけの辞とする。

ともに歩みまた別れて——鶴見俊輔のこと

六〇年安保のとき私は都立大をやめた。その十日後に鶴見俊輔さんが東京工大をやめた。しめし合わせたわけではないが、結果は同一歩調になった。

鶴見さん——と書くとやはり、よそいきの感じになる。俊輔さん、としよう——は、相撲の千秋楽のテレビを見て帰ってから夕刊で私の辞職を知ったそうである。私は「安保批判の会」の会合の席で、通信社の人から俊輔さんの辞職を耳打ちされた。ジーンと眼の奥が痛くなった。

私は当時、学内での反安保の運動と、学外での無党派の小集団二つとに関係していた。この十日間、いちばん気になったのが、これら小集団の内部での反応だった。突拍子もない（と見られるにちがいない）単独行動によって自分が浮きあがり、集団に不利をもたらすのではないかという懸念だった。そして事実、その懸念に値するような兆候がいくつかあった。

教職をやめたい気は前からあった。しかし、この時期にやめる決定は事前にはなかった。突然ひらめいたものである。ひらめきを実行に移すまで、まる一昼夜半ほど熟慮した。やめる手続きと、および事後の反応を想定して対策を立てるためだった。ただし、他の人が同一歩調に出ることは私の想定にはなかった。

俊輔さんにも熟慮はあったにちがいないが、どうも私の熟慮とは性質がちがうように思う。かれは私ほど周囲に気がねしない。いや、気がねはするかもしれないが、私ほど臆病ではない。躁鬱の波がはげしいだけに、躁のときの行動力は慢性メランコリアの私など足もとにもよれない。かれは辞職理由を問われて、竹内の場合とおなじとだけ新聞記者に答えている。いっそ潔い。

かれの辞職は私を孤立感から救い出してくれた。私は翌日、俊輔さんに電報を打った。ワガミチヲユキトモニアユミマタワカレテアユマン。

私は戦後、復員からしばらくして、俊輔さんにオルグされて思想の科学研究会の会員になった。かれは単身、紹介もなしに有楽町の私のたむろする場所にあらわれ、私は即決で入会したように思う。この記憶はまちがっているかもしれないが、いま確かめる手段はない。ともかく、東京にもどって最初に注目した雑誌が『近代文学』と『思想の科学』であって、前者は過去からの類推で理解できなくはなかったが、後者は、私にとってまったく未知な領域であり、それだけに好奇心をかき立てるものがあった。わざわざバックナンバアを買うために先駆社をたずねて内幸町まで足を運んだりした。第一期の『思想の科学』は第二期の『芽』以降とちがって、かなり高踏的であり、横文字臭があり、私にとって異質な感じがした。まさか入会を勧誘されようとは思ってもみなかった。それだけにこの勧誘はうれしかったのである。

戦後しばらくは、こういう出合いがめずらしくない環境だった。天窓がポッカリあいたような解放感があった。やがて、群れは群れ同士の屏息状態にもどり、わずかにそれをつき破るものとして、短くはあるが一九六〇年上半期があった。このときも人が集まれば組織は立ちどころに成り、規約や財政計画の先議はいらなかった。この辺の消息は、「いくつもの太鼓のあいだにもっと見事な調和を」前後の俊輔さんの文がよく伝えており、たぶん今でも役に立つだろう。

今後もう一度、俊輔さんと共に歩む日が来るかどうか。なるべくなら来ないほうを、つまり平穏無事のほうを、老いたる私は望む。

それにしても、なぜ俊輔さんは、あのとき必然性の乏しい辞職行動に出たのだろう。むろん、必然性の乏しいというのは私の見解であって、かれには学問の自立という大義名分があるわけだが、それだけでは私には納得できない。動機のほんの一部にせよ私への義理立てが感じられてならない。私小説の伝統にとらわれているせいかもしれないが。

そんなものはまったくない、と俊輔さんは頭から否定するだろう。しかし私は、その否定を予想して、なおかつ、後代の研究者のためにあるヒントを提供したい。

第三期の講談社時代に、思想の科学研究会は内紛をおこして分裂の危機に見舞われた。当時、私が会長だった。私が自分が何もしないことで、この危機をどうやら回避した。何もしないとは、言いかえると公と私を分けるということである。私は血気にはやる若いアクティヴ諸君をなだめなだめ、ほんの少しの犠牲で会の分裂をおさえた。

私にくらべると俊輔さんは、公私混同を気にしない、またはその誤解をおそれぬ独裁者あるいは家父長の気質を多分にそなえている。その短所でもあり長所でもあるものが最大限に発揮されたのがやはり六〇年安保のときだった。かれはデモをやりながら愛妻を射とめた。これほど大ぴらな公私混同はそうざらにはあるまい。

初出一覧

魯迅の死について　「朝日評論」一九四六年一〇月
「藤野先生」　「近代文学」一九四七年二・三月合併号
魯迅と許広平　「婦人画報」一九四七年一〇月
「狂人日記」について　「随筆中国」一九四八年四月
魯迅と日本文学（のち「文化移入の方法」と改題）　「世界評論」一九四八年六月
「阿Q正伝」の世界性　「世界小説」一九四八年九月
中国文学の政治性　「思索」一九四八年九月
魯迅と二葉亭　「中国留日学生報」一九四八年一〇月
ノラと中国——魯迅の婦人解放論　「女性線」一九四九年四月
教養主義について　「人間」一九四九年一〇月
日本共産党論（その一）　「展望」一九五〇年四月
亡国の歌　「世界」一九五一年六月
近代主義と民族の問題　「文学」一九五一年九月
インテリ論　『国民講座』第一巻「日本の思想」（河出書房）一九五一年一〇月
文学の自律性など——国民文学の本質論の中　「群像」一九五一年一一月
屈辱の事件　「世界」一九五三年八月

憲法擁護が一切に先行する　「平和」一九五四年五月
吉川英治論　「思想の科学」一九五四年一〇月
花鳥風月　「新日本文学」一九五六年一〇月
中国と私　「未来」一九六九年二月
朝鮮語のすすめ　「アジア女性交流史研究」一九七〇年九月
「前事不忘、後事之師」　「朝日ジャーナル」一九七二年一二月二九日
ともに歩みまた別れて——鶴見俊輔のこと　『鶴見俊輔著作集』第二巻（筑摩書房）月報第一号　一九七五年五月

著作一覧

＊単行本及び全集・評論集等を掲載し、文庫等での再刊本、共著・編著・訳書等は除いた。

『魯迅』日本評論社 一九四四年一二月（改訂版、一九四六年一一月）
『世界文学はんどぶっく・魯迅』世界評論社 一九四八年一〇月
『魯迅雑記』世界評論社 一九四九年六月
『現代中国論』河出書房（市民文庫） 一九五一年九月
『日本イデオロギイ』筑摩書房 一九五二年八月
『魯迅入門』東洋書館 一九五三年六月（『世界文学はんどぶっく・魯迅』改訂版）
『国民文学論』東京大学出版会 一九五四年一月
『知識人の課題』講談社 一九五四年一一月
『魯迅』未來社 一九六一年五月（旧版『魯迅』の再刊）
『不服従の遺産』筑摩書房 一九六一年七月
『日本とアジア』（竹内好評論集 第三巻） 筑摩書房 一九六六年四月
『新編 日本イデオロギイ』（竹内好評論集 第二巻） 筑摩書房 一九六六年五月
『新編 現代中国論』（竹内好評論集 第一巻） 筑摩書房 一九六六年六月
『中国を知るために』第一集 勁草書房 一九六七年二月

『中国を知るために』第二集　勁草書房　一九七〇年三月
『予見と錯誤』筑摩書房　一九七〇年七月
『状況的〈対談集〉』合同出版　一九七〇年一〇月
『中国を知るために』第三集　勁草書房　一九七三年四月
『日本と中国のあいだ』文藝春秋　一九七三年七月
『転形期』創樹社　一九七四年一二月
『新編　魯迅雑記』（旧版『魯迅雑記』を増補）　勁草書房　一九七六年
『続　魯迅雑記』勁草書房　一九七八年二月
『方法としてのアジア』創樹社　一九七八年七月
『近代の超克』筑摩書房　一九八三年
『竹内好談論集Ｉ――国民文学論の行方』蘭花堂　一九八五年
『内なる中国』筑摩書房　一九八七年

＊

『竹内好全集』（全十七巻）　筑摩書房　一九八〇年九月〜一九八二年九月

編集のことば

松本　昌次

「戦後文学エッセイ選」は、わたしがかつて未來社の編集者として在籍（一九五三年四月〜八三年五月）しました三十年間で、またつづく小社でその著書の刊行にあたって直接出会い、その謦咳に接し、編集にかかわらせていただいた戦後文学者十三氏の方がたのみのエッセイを選び、十三巻として刊行するものです。出版の一般的常識からすれば、いささか異例というべきですが、わたしの編集者としてのこだわりとしてご理解下さい。

ところでエッセイについてですが、『広辞苑』（岩波書店）によれば、「①随筆。自由な形式で書かれた個性的色彩の濃い散文。②試論。小論。」とあります。日本では、随筆・随想とも大方では呼ばれていますが、それは、形式にこだわらない、自由で個性的な試みに満ちた、中国の魯迅を範とする〝雑文（雑記・雑感）〟といってもいいかと思います。つまり、この選集は、小説・戯曲・記録文学・評論等、幅広いジャンルで仕事をされた戦後文学者の方がたが書かれた多くのエッセイ＝〝雑文〟の中から二十数篇を選ばせていただき、各一巻に収録するものです。さまざまな形式でそれぞれに膨大な文学的・思想的仕事を残された方がたばかりですので、各巻は各著者の小さな〝個展〟といってもいいかも知れません。しかしそこに実は、わたしたちが継承・発展させなければならない文学精神の貴重な遺産が散りばめられているであろうことを疑わないものです。

本選集刊行の動機が、同時代で出会い、その著書を手がけることができた各著者へのわたしの個人的な敬愛の念にあることはいうまでもありません。戦後文学の全体像からすればほんの一端に過ぎませんが、本選集の刊行をきっかけに、わたしが直接お会いしたり著書を刊行する機会を得なかった方がたをも含めての、運動としての戦後文学の新たな〝ルネサンス〟が到来することを心から願って止みません。

読者諸兄姉のご理解とご支援を切望します。

二〇〇五年六月

付記

本巻収録のエッセイ二三篇は『竹内好全集』全十七巻（筑摩書房　一九八〇年九月～八二年九月刊）を底本としましたが、各初出単行本にもあたり、表記をそれらに従った場合もあります。

本巻の編集にあたっては、**中村愿**《すなお》氏にひとかたならぬお力添えをいただきました。末尾ながら記して深い謝意を表します。

なお、本巻に収録した「中国と私」は、編者のインタビュー「著者に聞く」（「未来」一九六九年二月号）での著者の談話を整理したものですが、『竹内好全集』第十三巻に収められていて、「解題」にも「著者の校閲した談話筆記の扱い」とあり、編者の個人的な思いもこめて収録させていただきました。また『状況的』竹内好対談集（合同出版　一九七〇年一〇月刊）にも、他の一五篇の対談とともに収められています。

竹内《たけうち》　好《よしみ》（1910年10月～1977年3月）

竹内《たけうち》　好《よしみ》集
――戦後文学エッセイ選4
2005年11月1日　初版第1刷
著　者　竹内《たけうち》　好《よしみ》
発行所　株式会社　影書房
発行者　松本昌次
〒114-0015　東京都北区中里3-4-5
ヒルサイドハウス101
電　話　03（5907）6755
ＦＡＸ　03（5907）6756
E-mail : kageshobou@md.neweb.ne.jp
http://www.kageshobo.co.jp/
〒振替　00170-4-85078
本文・装本印刷＝新栄堂
製本＝美行製本

定価　2,200円＋税
（全13巻・第4回配本）
ISBN4-87714-338-6